横浜・神戸であった泣ける話

株式会社 マイナビ出版

CONTENTS

北新横浜北

鳩見すた

「お父さんとお母さんが出会ったのも、藍と橘くんと同じ横浜でした」

マイクを通したその声に、新郎の僕は姿勢を正して耳を傾ける。

「お父さんの時代には婚活アプリとかなかったから、お母さんと出会うまではたいへんでね。だから合同コンパとか、お父さん口下手だからああいうの向いてないんだけど、友だちに誘われて何回か行ったよ。まあ隅の席でビールを舐めてるだけで、電話番号も聞けなかったけどね」

たしかにお義父さんはそういう人だ。僕が初めて挨拶にいったときも、顔をしかめて琥珀色のグラスを傾けていた。

「そう。あの頃は電話番号なんだ。若者風に言うと『家電』だね。昔はスマホもメールもなかったから、家に電話して取り次いでもらうんだよ。父親が出た日なんかは目も当てられない。ん？　ああ、わかってるさ。話を先に進めろと言うんだろう？　それとも『合同コンパ』が古いと笑っているのか。だがお父さんは知っているぞ。いまは縮めて『合コン』と言うんだ。お父さんはこれでもけっこう、若い人の言葉がわかるんだ」

披露宴の会場が、小さな笑いに包まれた。

「『合コン』だって、誰も使ってないし」

新婦の藍がマイク越しにつぶやくと、さらに笑いが大きくなる。

お義父さんは僕よりずっと背が高く、体も大きく迫力がある人だ。けれど中身は天然というか、言動におちゃめなところが多い。

初訪問の日もお義父さんは怖い顔をして無言で飲んでいたので、僕はなにか機嫌を損ねたかと気が気でなかった。けれどしばらくすると、お義父さんはおもむろに立ち上がってこう言った。

『緊張で麦茶飲みすぎて腹が冷えた。トイレ行ってくる』

酒だと思ったら麦茶だし、トイレから戻った顔は別人のようにすっきりしているしで、僕はギャップに笑ってしまった。おかげで緊張は消え失せて、その後は口下手同士でもそれなりに会話が弾んだ。

「それでまあ、お父さんとお母さんがどうやって出会ったかだけど、合コンは関係ないんだ」

出た天然と思った瞬間、「関係ないんかい！」と誰かがツッコんだ。

披露宴の出席者は四十人ほどだけれど、みなが笑顔になっている。お義父さんの魅力が伝わったようで、義理の息子としてもうれしい。

「お母さんとの出会いは、二十代の前半かな。あの日は……なんだっけ。まあなにかの帰り、お父さんは終電で居眠りしてたんだよ。でも『次は横浜』ってアナウンスが聞こえた瞬間、がばっと起きたんだ。すごいだろう。お父さんは電車で絶対に寝過ごさないんだ。まあ改札を出てから、降りる駅を間違えたと気づいたんだけど」

また会場が爆笑し、藍も涙を流して笑っている。もはやお義父さんの独壇場だけれど、僕たちの式はそれでいい。

「だからお父さんは、困っちゃったわけだ。家は保土ケ谷（ほどがや）だから歩いて帰れなくはないんだけど、いま風に言うと『超だりぃ』でね。どこかでもうひと眠りしようと駅前をうろついた。そしたら腰を下ろせそうな花壇のブロックは、もうアベックで満席なんだよ」

きらりと光る死語中の死語に、くすくすと会場が笑う。

「それならと地下街の入り口に向かってみると、シャッター前には日頃から寝泊まりしている常連さんが大勢いてね。いまでこそ駅で見かけることは減ったけれど、あの頃はダンボール住まいの人がたくさんいたんだ。彼らにはよくタバコをせびられたけど、寝場所は譲ってもらえなかったよ」

この結婚式場は、横浜駅から歩いて八分の場所にある。きっと出席者は頭の中で、数時間前に見た駅前の光景と比べているだろう。

「それでしかたなくぶらぶら歩いていたら、とうとう南幸橋（みなみさいわいはし）まできちゃったんだ。あの辺りは昔、『ナンパ橋』と呼ばれていてね。なんと、お父さんとお母さんはそこで出会いました」

会場がおおいに湧いた。朴訥（ぼくとつ）としたお義父さん同様、お義母（かあ）さんも物静かな人だ。そんなふたりの出会いが「ナンパ」という意外性に、出席者たちが好奇の目でお義母さんを見る。

すると「違うのよ」と言うように、お義母さんは顔の前で手を動かした。

「『口下手なお父さんが、ナンパなんてできるわけがない』。藍はそう思っただろう？　正解です。当時のお母さんは、いまで言うストリートミュージシャンでね。ギターを抱えて、反戦フォークを歌ってたんだよ」

それはそれで意外な過去だけれど、たしかにあの辺りにはギターを持った若者や、ダンスを踊る少年少女がいまも集っている。そのルーツを知って感慨深いのか、出席者たちはなるほどとうなずいた。

「当時だってフォークソングは古いし、正直なところ、お母さんは歌もそれほど上手じゃなかった。でもお父さんは、地べたに腰を下ろしてずっとお母さんの歌を聴いてたよ。もちろん暇だったからだけど、ここは嘘でも『かわいかったから』って言っておくべきだな。あとで訂正しよう」

今回はかなりウケたようだ。新郎新婦共通の友人である長谷川(はせがわ)も、手をたたいて笑っている。僕と藍は高校時代の同級生だけれど、交際のきっかけは三ヶ月前に開催されたオンライン同窓会だ。長谷川はその主催者だったので、僕たちのキューピッドと言えなくもない。

「やがて始発が動く頃になると、お母さんはギターを担いでお父さんのところへやってきた。『熱心に聴いてくれてありがとう』、なんて言ってね。『よければコーヒーでも』と誘われて、お父さんは慌てたよ。なにしろこっちは、ただの暇つぶしだったからね。まあついていったけど」

慣れたのか口にはしないが、みなが心でツッコミを入れただろう。

「喫茶店に入ったものの、会話はまったく弾まなかった。お父さんは歌の感想を求められても『よかった』くらいしか言えないし、お母さんもおしゃべりなほうじゃない。でも別れ際、お母さんに『また聴きにきてください』って言われたんだよ」

あちこちで、「おお！」と歓声が上がる。

「不思議だろう。だからお父さん、あとから尋ねたよ。こんな無口な男の、なにがよかったのかって。そしたらお母さんは、『ナンパ避けになるから』って答えたんだ。これは照れ隠しだと思うんだけど、藍はどう思う？」

藍は即座に「ナンパ避けです」と答えた。僕も同意をこめてうなずく。

大柄で怖い顔をしたお義父さんが座って歌を聴いていたら、誰もお義母さんに声をかけて中断させたりしないだろう。

「ともあれお父さんたちの交際は、こんな風に始まったわけだ。会うのは音楽喫茶が多かったな。石川町（いしかわちょう）とか関内（かんない）辺りのね。桜木町（さくらぎちょう）でぼんやり海を見ることもあったよ。娯楽も少なかったし、お金もなかったからね。それでもこのご時世の藍たちと比べると、お父さんたちは出かけたほうだろうね」

例のはやり病（やまい）のせいで、僕たちはなにもかも自粛を迫られている。恋人同士の会話もオンライン通話だし、宣言明けの食事もアクリル板越しだ。

今日だって披露宴に出席している人のほとんどは、自宅でわざわざスーツに着替え、モニタの向こうから僕たちを祝福してくれている。

「話を戻すと、なんやかんやでお父さんとお母さんは結婚しました。正直なところ、自分の式のことは覚えてなくてね。当時は酒が飲めない男は情けないと言われる時代だったんだよ。お父さんは、しこたま飲んで潰（つぶ）れました。そういう意味でも、娘の結婚式は楽しみにしていたよ」

藍の親戚たちが、なつかしむようにうなずいた。

「でも一番楽しみなのは、いや、いまはこういうことを言うと、老害って言われちゃうよな。ところで関係ない話だけど、藍が生まれたときに初めて、お父さんは『幸せ』という言葉の意味を実感しました」

ほとんど答えを言っているようなものなので、新郎新婦に期待の視線が注がれる。僕と藍は顔を見あわせ、ひとまず苦笑いしておいた。

「また脱線してしまったな。でもやっぱり、親になったばかりの頃の記憶は特別でね。なにしろ家も建てたんだ。港北ニュータウンの端っこにね。いまでは新横浜北という立派な駅もできたけど、当時はなにもないところだよ。だからお父さんは、貯金をはたいて車を買ったんだ。藍も覚えているだろう？　当時は新車だったあの車で、藍をいろんなところに連れていった。長津田にある子どもの遊べるアスレチックでは、お父さん藍を抱えて、ズボンのお尻が破けるまで百メートル級の滑り台で遊んだよ。あれは痛かったなあ」

藍は笑っていたけれど、目尻に涙が浮かんでいる。

「大黒ふ頭の海釣りができる公園では、藍がサンダルを落っことしちゃったんだよな。その場にいた釣り人たちが協力してくれたけど、結局は藍と同い年くらいの男の子がサンダルを釣ってくれたっけ。あの子が橘くんだったら、運命的だったのに」

くすくすと忍び笑いが聞こえてくる。僕は引き続き苦笑いだ。

「八景島の水族館では、藍が初めて迷子になったんだよ。お父さんもお母さんも大慌てでだ。そしたら藍は、知らない男に手を引かれていてね。すわ誘拐かと駆け寄ったら、男は別の女の人とも手を繋いでいた。ふたりの男女は『いつ気づくかな』なんて笑いながら、藍を見つめている。藍は夢中で魚を見ているうちに、お父さんだと思って知らないアベックの手を握ってたんだよ。すぐに気づいて恥ずかしそうにしてたけど、お父さんはこのとき悲しかった。藍はいつかああやって、見知らぬ男に連れていかれるって悟っちゃったんだ」

悪気はないのだろうけれど、出席者が一斉に僕を見た。僕と藍は交際三ヶ月でのスピード婚なので、妙な勘繰りをされやすい。

「いやもちろん、橘くんが悪い男と言っているわけじゃないよ。男親ってのはこういうものなんだ。藍が高校生の頃に失恋したときも、正直お父さんはほっとした。藍にはいつまでも、自分の娘でいてほしいんだよ。大人になったいまだって、心の中では迷子になったときの藍を探すのと同じくらい、毎日ハラハラしながら見守っているよ」

藍が嚙みしめるように間を置いて、微笑んでマイクにつぶやく。

「私はずっと、お父さんの娘だよ」

そこで感極まったのか、会場からすすり泣きの声が聞こえてきた。

「さて、なんの話だったかな。ああ、そうだ。お父さんが心配したかいがあったのか、藍は真面目な子に育ってくれた。よくお父さんの部屋から、本を持っていく子だったよ。お父さんも読書は好きだった。口下手だからうまくしゃべるための勉強も兼ねていたんだけど、悲しいかな、上達するのは書くほうばっかりだった。まあそれはそれで、役に立っているよ」

とうとう僕も堪(こら)えきれなくなり、涙が流れて頰を伝う。

「さて、そろそろ終わろうか。橘くんが新横浜北の家にきた日と同じで、お父さんはあと一回、全力で体調を整えなきゃならない。なにしろ娘の結婚式だからね。お父さんという人間が生まれたすべての意味が、その日にあるといっても過言じゃない。だってな、お母さんと藍がいてくれたおかげで、お父さんは世界一の幸せ者だった。そこに橘くんという息子まで増えるんだぞ。橘くんの両親には悪いが、お父さんは彼を奪う気満々だ。宝物のゴルフバッグだってあげちゃうぞ。なぜならお父さんはいま、宇宙一の幸せ者だからだ」

僕はもう、お義父さんの息子だ。ゴルフバッグもすでにもらった。それまでゴルフなんて興味がなかったけれど、ひまを見つけて練習を始めている。

「藍と橘くんは、交際三ヶ月で式を挙げる。世間はとやかく言うかもしれないが、親としてこんなにうれしいことはないよ。橘くんはまだ藍のことを半分も知らない。なのに先の短いお父さんのために、このご時世に式を挙げる決断をしてくれたんだ。彼なら絶対、藍を幸せにしてくれると保証する。お父さんと同じくらいに藍を愛していないと、そんな行動には出られないからね」

僕は泣きながらうなずいた。けれど伴侶のことを半分も知らないのは、新婦だって同じだ。藍も僕と同じ気持ちだと思う。

「お父さんもがんばるよ。必ずふたりの結婚式に出席してみせる。ただまあなんというか、こればっかりは体次第だからね。いざというときに備えて、こういう準備は必要だろう。待て、藍。準備と言っても、この手紙はお父さんがどれだけふたりを祝福しているかを、文章で伝えたかっただけだ。もしもお父さんが結婚式に出られなかったとしても――」

これまで淡々と手紙を読んでいた藍が、ついに声を詰まらせた。

僕は急いで駆け寄って、足下から崩れそうな花嫁を支える。

「藍ちゃん、大丈夫？」

「無理。代わって」

お義父さんの手紙を押しつけられ、僕は一瞬戸惑った。

けれどなんとか奮い立つ。今日の主役をお義父さんにするためには、きちんと最後まで手紙を読まなければならない。

「新郎です。代読します」

藍が最後に読んでいた文章を目で追う。

「もしもお父さんが結婚式に出られなかったとしても、この手紙を披露宴で読み上げたりするなよ。まあウケそうなら読んでもいいけど」

最初に友人の長谷川がぷっと吹きだし、さざ波のように笑いが広がった。

やがて会場は爆笑の渦に包まれる。そうすることが天国にいる新婦の父への手向け（たむ）だというように、みなが涙を浮かべて笑いながら拍手していた。

「最後にひとつ、僕からも手紙を読ませてください」

喝采が収まった頃あいで、僕は胸元から畳んだ紙片を取りだす。僕もお義父さんと同じく口下手なので、気持ちを伝えるには文章が必要だ。

「情勢もあって、僕がお義父さんの見舞いに行けたのは数えるほどでした。でもふたりきりになると、言葉少なに内緒の話をしてくれましたね。娘の名前の由来は、初めてお義母さんと行った喫茶店の名前だとか」

「そうだったの……？」

僕の隣で、藍が涙を引っこめて呆然としている。ちなみに本人に内緒にしていた理由は、安直すぎて怒られると思ったからだそうだ。

「藍が家を出たら、ようやく夫婦水入らずで過ごせる。あの頃は喫茶店くらいしか行くところがなかったけど、いまは『みなとみらい』みたいなおしゃれなところがたくさんある。実は中華街も行ったことがないし、病が快方に向かったらいろいろデートをしてみようと思っている、とか」

「そうだったの……？」

お義母さんは、娘とまったく同じリアクションだった。

「お義父さん、安心してください。あなたの意思は僕が継ぎます。この災禍が明けたら、藍ちゃんと名前の由来になった喫茶店に行きます。お義母さんと一緒に地上六十階の展望台に上ったり、中華街で円卓を回したりします。僕はお義父さんからいただいたバッグで、義理の息子ができた日に備えてゴルフの練習を続けます」

モニタ越しの出席者の視線が、僕に注目しているのがわかる。

「お義父さんは最後まで間違えていますが、新横浜北の駅はとっくにありません。新横浜駅と似ていてまぎらわしいという理由で、名称が北新横浜駅(きたしんよこはま)になりました。でも僕は駅の名前が新横浜北だった頃のように、夫として、やがては父として、お義父さんと同じく宇宙一幸せな家庭を築きます。お義父さん、今日は僕たちの式に出席してくれてありがとうございました」

手紙をポケットにしまうと、僕は天井を見上げて一礼した。

たくさんの拍手が、僕たちを祝福してくれている。

けれどやっぱりあちこちで、悲しみの嗚咽(おえつ)も聞こえていた。

「真面目か橘！　藍ちゃんの親父さんみたいにネタしこんどけよ！」

長谷川のツッコミが、会場をお義父さんの作った空気に戻してくれる。

お義父さんからは、近所にあるラーメンテーマパークの話も聞いていた。ゴルフの帰りにそこでこっそり、家系ラーメンを食べていたらしい。

この災禍が明けたら、長谷川にはお義父さんのお勧めをおごろうと思う。

滔々と未来へ

溝口智子

珍しく定時に仕事を終えた。いい居酒屋があると誘われ店にやって来て三十分。窓の外はまだ明るい。それなのに古賀は、鬼のように顔を赤くして酔っ払い、管を巻いていた。誘ってくれた同僚は辟易して顔を顰めて帰りたそうにしているが、カウンターに肘をついて俯き加減の古賀はちっとも気付かない。

「また工期が延びたじゃないかあ。俺は単身赴任なんて嫌なんだ。いつまで神戸にいりゃあいいんだ。うちに帰りたい、息子と一緒にメシを食いたいんだよお」

古賀を横目に見ていた同僚がそっと立ち上がる。

「すいませんけど、明日早いんで失礼します」

「ええ、もう？　なんで？」

「設計書の改善、出来るだけ早く進めたいですから」

「改善っていうか、一から全部だろ。地下水の流れに影響する恐れがあるから調査からやり直せって何度目だよ！　なにが宮水保存だ、酒造に使うって言ったって、たかが水じゃないか。街の発展より大事なものかよ」

ぶつくささぶつくさと繰り言を続ける古賀の視線がそれた隙を見て、同僚は、優しそうな店の女将に多めの支払いを預けて帰って行ってしまった。

「灘の酒蔵がタッグを組んで邪魔しに来るってのもずるいじゃないか。こっちは一棟のビルを建てたいだけなんだぜ。たった一棟だぜ、なあ、どう思う？」

「そうですねえ。ビルの工事って大変なんですね」

同僚ではなく若い女性の声が聞こえて、古賀はぱちりと瞬いて顔を上げた。一人だけの客の相手をしようと、女将が厨房から出て来て古賀の側に立つ。

「単身赴任、長いんですか？」

古賀は少し醒めた様子で、三十代前半ぐらいだろう女将を見上げた。

「ええ、まあ。予定じゃ二年だったんだけど、工期が延びに延びてるから、帰れるのはいつになるか」

「それじゃあ、お寂しいですね」

「本当だよ。息子はまだ七歳ですよ。会えないうちにどんどん大きくなっちゃう。どうしてくれるんだ。それもこれもみんな、宮水のせいだ」

まるで目の前の女将が工事の邪魔をしているとでも言いたげに、古賀は強い口調で言い募るが、女将は飄々と受け流す。

「灘の酒蔵は昔から宮水の水脈を大切にしてますからねえ」

「昔っからの古いやり方なんか捨てて、ＡＩにでも造らせりゃいいんだ」

少々乱暴な古賀の言葉を、女将は黙って微笑んで聞いている。

「水なんて蛇口をひねれば出てくるんだから、それでいいだろう」

ガラリと扉が開いた。そちらに顔を向けると、二、三歳くらいで、おかっぱ頭の女の子が入って来た。祖母らしい女性と手を繋いでいる。居酒屋に子連れとはどういう了見だと呆れていると、女の子が「ただいまー」と元気よく言った。

「お帰り。手を洗ってね」

「はーい」

入って来た二人は店の奥、トイレの方へ歩いて行く。その後ろ姿を見送った古賀の表情が和らいでいた。

「娘さん？」

古賀が尋ねると女将は頷く。

「ええ。毎晩、ここでごはんを食べさせていて。お邪魔になってすみません」

「いや、全然。俺、子ども大好き」

トイレの方から、女将の娘がばんざいのポーズで走って来た。

「きれいきれいだよ」

女将に両手を突きだしてみせる。

「はい、ちゃんと洗えたね。じゃあ、座って待ってて」

「うん！」

女将が厨房に戻ると、娘はカウンターの奥の席に行ってイスによじ登ろうとしている。危なっかしくて見ていられず、古賀は立っていって、娘をひょいと抱き上げて座らせてやった。娘は物怖（ものお）じしないタイプらしく、にこにこ顔だ。

「ありがと」

「どういたしまして」

古賀もにこっと笑ってみせる。祖母らしい女性が戻って来て、古賀に会釈した。

「あらあ、すみません、面倒をみていただいて。葵（あおい）ちゃん、お礼は言った？」

「うん！」

元気よく頷く葵を見ている古賀は、管を巻いていたのが嘘のように優しい表情だ。自分の席に戻らず、葵の隣に座り込む。

「保育園の帰りかな？」

「うん。おばあちゃんがね、お迎えに来たから」

葵の祖母が厨房に入っていくと、入れ代わるように女将が盆を運んできた。

「はい、お行儀よく食べてね」

葵は手を合わせて「いただきます」と折り目正しく言ってから箸を取った。なかなか箸遣いの上手い葵を古賀は感心して見守る。

「葵ちゃんは何歳かな」

指を二本立ててもぐもぐしながら「二歳」と答えた葵を女将が叱る。

「ごっくんしてから話さないとダメ」

葵は慌てて口の中のものを飲み込んだ。

「それと、葵はもう三歳でしょ」

言われて、今度は指を三本立てた。古賀は葵を微笑ましく見つめる。

「誕生日が近かったのかな」

「あのね、ケーキのろうそく、ふーってしたんだよ」

今ひとつ嚙み合わない会話も楽しいものだ。葵は足をぶらつかせながら話し続ける。

「風船たくさんあってね、お友達もケーキを食べて、それでね……」

「ほら、葵。お客様の邪魔になるから、早く食べなさい」

女将に言われて葵は皿に顔を突っ込みそうな勢いで慌てて箸を動かす。

「そんなに急いで食べたら消化に悪い。女将さん、俺が面倒をみておくよ」

「でも、ご迷惑でしょう」

「いや、こう見えて、子どもの食事の面倒は上手いから」

女将は遠慮がちに頭を下げた。

「そうですか。ありがとうございます。葵、きちっとしてね」

葵が頷くと、女将はもう一度、古賀に会釈して厨房に戻っていった。葵は保育園であったことや、好きな食べ物のことなどを話し続け、ゆっくりと食事を終えた。古賀は終始にこやかに話を聞いてやった。

満腹で、うとうとしだした葵を女将が抱き上げて座敷席の隅に運ぶ。まだ早い時間で古賀の他に客はいない。葵は大の字で眠ってしまった。

「ありがとうございます、すっかりお世話になってしまって」

古賀のところに戻って来た女将は小さく頭を下げた。

「いえいえ。毎日、ここで食事させてると、仕事の合間だし大変でしょ」

「ええ、まだ手間はかかります。だから、つい急かしてしまうんですけど。今日はゆっくり出来たからか、あの子、楽しそうでした」

古賀は満足げに自分の席に戻った。

「葵ちゃんのパパは子育てに参加してる?」

「うちは別れてしまって」

「はあ、どうして」

「夫は深酒して人が変わる質(たち)で。私が居酒屋をやっているから、どうにもならなくて。葵は夫の顔を覚えていないんですよ」

　なんとも言いようがなく、古賀がすっかりぬるくなったビールを飲んでいると、女将が枡酒を運んできた。白木の一合枡をカウンターに置く。

「日本酒お好きでしたら、一杯どうぞ」

　葵の面倒を見た礼だろう。古賀は遠慮なくおごってもらうことにした。

「大好きですよ。どこのお酒ですか」

「灘の生一本(きいっぽん)です」

　宮水のせいで困っていると女将も聞いていたのに、その宮水を使って醸造された酒を勧めてくるとは。そうは思ったが、ここは紛れもなく神戸市、灘地区だ。地元の酒を出すのは当たり前のこと。気分を切り替えて枡に口を付けた。

　舌の上でころころ転がすと甘く透き通った香りが鼻腔まで広がる。キリリとしていて喉越し良く、すうっと体の中に沁み通る。胃のあたりにぽっと灯りがともったような温かさが心地良い。

「うまい」

古賀が唸ると女将は嬉しそうな笑顔を浮かべた。

「灘の生一本て言葉は聞いたことあるけど、生一本っていうブランドがあるの？」

女将は日本酒の知識が豊富なのだろう、すらすらと答える。

「一つの酒蔵のブランドというわけではないんですよ。古くから使われている言葉で、生一本と言えば灘のお酒のことだったんですけどね。今は、仕込みから瓶詰めまで単独の酒造場で醸造した純米酒のことを、そう呼ぶんです」

「灘だけじゃないんだ」

「日本全国のことらしいですよ」

古賀は女将をからかうように軽い調子を見せた。

「じゃあ、宮水なんて、なくなっても困らないじゃないか。日本には唸るほど酒蔵があるんだから。違う？」

古賀はぐいっと一気に酒を喉に流し込む。女将がふふっと困ったように笑って、もう一杯、酒を注いだ。

「宮水を使うとお酒が美味しくなるのは確かなんですけどね。どうしてなのか、まだすべて科学的には立証されていないそうなんです。ミネラルバランスがいいとは言われていても、それだけで正解なのかは今はわからないって」

「女将さんはその謎を解きたいの」

「そうですねえ。知りたいような、知るのがもったいないような」

どこか愁いを帯びた女将の表情を見ていると、古賀の口は重くなった。謎を解明してしまったら寂しいものなのかもしれない。古賀はただ、話を聞く。

「私、生まれも育ちも灘なんです。この店は両親がやってたから継いだというのもあるんですけど、灘のお酒が好きだということもあって」

古賀は黙って頷く。

「幼い頃から、父が店の仕入れに酒蔵に足を運ぶとき、よく一緒に連れていってもらいました。見学した後、父はお酒を試飲するんです。子どもの私には宮水を飲ませてくれる酒蔵さんがありました。そこで宮水の味を覚えたんですよ」

「まるで、お酒の味を覚えたみたいな言い方だ」

古賀の軽口に女将は楽しそうな笑みを浮かべた。

「お酒の味を知ったのは二十歳の誕生日です」

「俺もそうだよ。親父とサシで飲んだなあ」

「最初のお酒はなんでした？」

古賀は考える間もなくすぐに答える。

「ビールだった。一口飲んであんまり苦くてぎょっとしたんだ。そしたら親父が面白がって、俺の顔を指差して笑ってさ。悔しかったなあ」

古賀は機嫌よく、ちっとも悔しがっていない。大切で良い思い出なのだ。

「女将さんの初めてのお酒は？」

「父のお気に入りだった日本酒です。もちろん、灘の生一本。それと、和らぎ水に宮水を」

「和らぎ水って？」

「お酒の合間にお水で少し口を潤すと、さらに美味しくなるんです。ああ、差し上げていませんでしたね」

女将は厨房に引っ込んで、すぐに水を満たしたグラスを持って出て来た。

「和らぎ水です」

酒を飲み、水を飲んで、古賀はイスの背にもたれて溜め息をついた。

「水が甘いような気がする」

満足げな古賀を見て、女将はほっとしたようだ。明るい表情を見せる。

「これが宮水です。お酒と相性が良くて和らぎ水に最良だと言われています」

「女将さんの初めてのお酒は、こんな味だったんだ」

和やかな古賀の声に応える女将の声は、昔を思い出しているのか若々しい。

「美味しかったです。父が飽きずに酒蔵巡りをしていた理由がよくわかりました。こんなに美味しいものが作られる灘を、もっと好きになりましたね」

女将の郷土愛を聞いて、古賀のホームシックがぶり返した。生まれ育った街、家族が待つ家、息子と過ごす大切な時間。だが、女将の温かな思い出を聞いて、宮水を忌ま忌ましく思う気持ちは消えていた。酒と水を愛した父と娘の記憶を壊したくないと思う。

葵の未来にも女将と同じように幸せな思い出が刻まれるよう、祈る気持ちが生まれた。

「お父さんは、もう店には出ないの？」

「たまに気が向いたときだけですね。でも、お酒の仕入れは全部、父が担当してます。葵を連れて酒蔵巡りですよ」

古賀はふふっと笑って生一本を口に含んだ。甘い雫はとても優しい。

「葵ちゃんの最初のお酒は女将さんのお勧めになるのかな」

「どうなんでしょう。夫の性質が葵に遺伝していないか不安で、お酒を飲ませるのはどうかなって心配なんです」

古賀は眠っている葵に視線をやって、しっかりと頷く。

「働く女将さんを見て、おじいちゃんと宮水を飲んだ思い出があって。そうすればパパとは似ても似つかない、美味しいお酒をきれいに飲める大人になるよ」

女将はじっと古賀を見つめて「ありがとうございます」と呟いた。

「それじゃ、あとは葵が飲める口かどうかの問題だけですね」

「それは大丈夫。今日の食べっぷりを見てると、酒飲みの素質があったから」

「食べ方でわかるんですか？」

半信半疑な女将に、古賀は笑顔を見せる。

「酒より食事という人は食べ方が早いんだ。酒飲みはゆっくり食べる」

今まで見て来た客の動向を思い出しているのか、女将は一瞬、沈黙して、それから古賀に向き直った。

「確かに、そうですね。葵が大人になったら二人で飲みたいから、これからは、のんびり食べさせます。今日、お客さんに面倒を見てもらえて良かったです」

古賀は「いやいや」と軽く言って枡酒を空けた。

「葵ちゃんを見てて思ったんだけど、のんびりしているのを見守るのはいいもんだね。宮水を研究している人たちも大切にしている酒蔵の人たちも、そう思っているのかな。子どものように大切に見守り続けてきたのかな」

大切な宝物を見るような目で、古賀は宮水の入ったグラスを見つめる。

「俺も息子が成人したら、灘の生一本を開けたいな。こんなに美味い酒があるって教えてやりたい。息子が二十歳になるのは十三年先か」

「子ども達が成長して振り返ったら、きっと一瞬なんでしょうね」

宮水が湧き続けた年数に比べたら一瞬にも満たない人間の一生。今この時に、宮水を大切にすれば、自分の孫もその孫も同じ酒を味わえるだろう。多くの人が見守り、愛し、受け継ぎ続ける限り。その流れの中に古賀もいる。

古賀は、ふと腕時計を確かめた。

「息子の声が聞きたくなっちゃった。帰って連絡してみるよ」

和らぎ水が酒の回りを穏やかにしたようで、古賀の口調はしっかりしている。

「女将さんが親子三代で酒を酌み交わせるように、美味しい生一本を残せるよう、急がずしっかりした仕事をしますよ」

女将は花開いたような笑顔で頭を下げる。

「宮水の未来を、よろしくお願いします」

古賀は微笑み頷くと、美味そうに宮水を飲み干して立ち上がった。

十年目の結婚記念日

栗栖ひよ子

どうして僕は、ひとりでここにいるんだろう。

横浜駅の雑踏の中で、ここに来たことを僕はすでに後悔していた。

発端は、妻の千笑のこんなひとことだった。

『ねえ、もう私たち結婚して十年になるでしょう？　毎年結婚記念日に横浜に行っているし、今年は現地で待ち合わせして恋人気分を味わいたいな』

名前の通りいつもにこにこ笑っている妻は、満面の笑みでそう言った。

いつもだったら隣に妻がいて、これからのデートについて楽しく相談しているところなのに。それもこれも、妻の頼みを断れない自分のせいなのだが。

十一月二十二日、いい夫婦の日。今日が僕たち夫婦の十回目の結婚記念日だった。外に出ると、着込んでいても冬の近づいた港町の風は冷たく、僕はコートの前をあわせながらバッグの中をあさる。手紙の束から〝一通目〟と書かれた封筒を抜き出した。

『横浜についてから読んでね』と書かれたその封筒を開けると、中にはこんな手紙が入っていた。

『とりあえずお腹を満たしたいときには、いつもここだったね』

それだけが、便せんの真ん中に書かれている。

これは妻からの謎解き問題だった。僕は事前に六通の手紙を受け取っていて、その手紙に書かれた謎を順番に解いていくと、妻との待ち合わせ場所にたどり着く——。

これは妻の考えた、恋人気分を味わうためのちょっとしたお遊びだった。

「ひとつめの答えは簡単だな」

今日は妻の書いた手紙に振り回される一日になりそうだとため息を吐きながら、僕は足を中華街に向けた。

朱色や緑の原色の色彩、聞こえてくる中国語なまりの日本語、露店で売っている焼き栗の甘い匂い。そして、テーマパークに来たようなうきうきした様子の観光客。ああ、いつもの雰囲気だ。中国に行ったこともないのに、中華街に来るとなぜかいつも懐かしい気持ちになる。

観光客であふれた中華街は、僕たちの定番食事スポットだった。特定の店に入ることはせず、小籠包や肉まんを買ってその場で食べる。まず最初に中華街を訪れ、お腹がふくれたら横浜観光に乗り出すというのがお決まりのコース。

かしこまった店に入るより買い食いをするのが好きで、妻は小籠包の列に並ぶ僕をにこにこしながら待っていてくれた。そんな姿を思い出すと、ひとり寂しく買い食いする気にはならなかった。

おいしそうな匂いに後ろ髪を引かれつつ道路の端に寄って、二通目の手紙を開封する。

『我慢して観覧車に乗ってくれたね』

それが、次の問題。

「これも、すぐわかる」

僕が次に向かったのは、みなとみらいにあるコスモワールド。どちらかといえば子ども向けの、短いジェットコースターやお化け屋敷、ゲームコーナーなんかがある、レトロでこぢんまりしたテーマパークだ。

なぜここが観光スポットとして有名なのかというと、みなとみらいのシンボルともいえる大観覧車があるからだ。夜にはライトアップされて、みなとみらいの様々な場所から眺めることができる。

この場所には、最初の結婚記念日に訪れた。妻がどうしても、夜に大観覧車に乗ってみたいとせがんだからだった。実は僕は高所恐怖症で観覧車も苦手だったが、妻にかっこ悪いところを見せたくなく、黙ってゴンドラに乗り込んだ。

しかし僕は大観覧車をなめていた。観覧車が大きいということは、それだけ乗っている時間も長いということで……。ゴンドラがてっぺんに来るころには、僕は妻の前で顔面蒼白になり、ガタガタと身体を震えさせていたのだ。

妻は『大丈夫？』と心配そうな顔で、背中をさすってくれた。妻のそんな優しいところも、僕は好きなのだ。

「我ながらあのときは、けっこうがんばったよなあ……」

そうひとりごちて、僕は観覧車の前で三通目の手紙を開けた。

『〝リンゴーン〟……。なんの音でしょう？』

これまでの手紙とは雰囲気の違う問題だったが、これも簡単だった。毎年毎年、妻と一緒に鳴らしていた音だったから。

港町を象徴するような赤いレンガの大きな建物。一見倉庫ふうだけど、実はたくさんの店舗が詰まったショッピングモールだ。ショッピングやお茶をするのに最適で、妻もここで甘いものを食べるのが好きだった。

そんな赤レンガ倉庫には『幸せの鐘』という恋人たちの聖地がひっそりとある。屋外の一角に海が見えるかたちで鐘が設置されており、ふたりで鳴らすと幸せになれるというジンクスがあるのだ。

そういったジンクスが大好きな妻は、赤レンガ倉庫に来るたびに鐘の場所に僕を引っ張っていった。『もう僕たちは夫婦であって恋人じゃないし、今までにさんざん鳴らしたんだからいいだろ』と拒んでも聞かない。根負けして仏頂面で鐘を鳴らしていた。

そのあといつも、妻は不機嫌になった僕を笑わせようと一生懸命だった。指でつついたり、変顔をしたり。お茶目な人なのだ。

今も僕の前で鐘を鳴らしているカップルは幸せそうだった。微笑みあって、なにかをささやきあっている。

そんな光景を微笑ましく眺めながら、僕は次の手紙を開けた。

『海風が冷たくても、へっちゃらだったよ』

四通目の答えは、赤レンガ倉庫から歩いてすぐの場所だった。

山下(やました)公園。港沿いに細長い形で遊歩道が設置された公園だ。一見公園ぽくはないが、所々にベンチやモニュメントがあり、リラックスした雰囲気で観光客が休憩している。

みなとみらいを散歩する、となると必然的にこの公園を通ることになる。みなとみらい駅から元町通りや中華街に行こうとすると、ここを通るのがいちばんわかりやすいからだ。

僕たちの結婚記念日デートは、だいたい泊まりで一泊二日のコースで、一日は中華街周辺、もう一日はみなとみらい周辺を散策すると決まっていた。この山下公園にも、何回も訪れた。みなとみらいをぐるぐる散歩していて、一日に二回も訪れたこともある。

海を眺めながら足を休めることもあったが、ロマンチックな会話なんてなかった。釣りが趣味の僕は、海面を見つめながら魚の話ばかりしていた気がする。デート中なのに、『ああ、釣りに行きたいなあ』なんてことも言ったかもしれない。最悪だ。でも、妻が怒ったことはなかった。釣りになんて興味がないはずなのに、いつも楽しそうに相づちを打ってくれていた。

ふと海面を覗き込んでみるけれど、そこにはわずかに波打った黒い水があるだけだった。

「やっぱり、千笑と一緒にいるほうが海がきれいに見えるな……」

そうひとりごちて、次の手紙を開けた。さて、五通目は――。

『朝日を見た場所、覚えてる？』

その文字を見た瞬間、僕の心は十一年前に戻っていた。水平線から昇る朝日、冷たい空気と彼女が吐く白い息、つないだ手のあたたかさ。

ああ、この場所は。忘れるわけがない。早起きして、まだ薄暗い中を歩いてそこまで行き、彼女と一緒に朝日を見たのだ。あれは、結婚記念日ではない。

結婚する一年前のことだ。あの朝日を見ながら、僕は千笑にプロポーズしたのだから。

この日プロポーズしようと決めていた僕は、ポケットに千笑の欲しがっていた指輪をしのばせていた。もしかしたら千笑は、道中ですでに僕のたくらみに気づいていたかもしれない。緊張して、言葉少なになっていたから。

『あのさ、大事な話があるんだけど……』

朝日を見たあと、そう切り出した僕は、手が震えてしばらく固まってしまった。予定では、さっと指輪を取り出してスマートにプロポーズする予定だったのに。

千笑は僕の震える手を取って、はぁーと息をかけてあたためてくれた。

『うわ、冷たくなってる。えへへ、なんか私も緊張してきちゃった。だから、ゆっくりで大丈夫だよ』

そう言って、手をつないだまましばらく海を眺めた。すっかり景色が明るくなったころ、僕はやっと指輪を差し出して、

『結婚しよう』

と告げたのだ。そのひとことに何分もかかった、気の利いた言葉もなにもないそっけないプロポーズ。ガチガチに緊張していた僕を、千笑の涙まじりの笑顔が救ってくれた。昇ったばかりの朝日が照らす、『大(おお)さん橋』の屋上広場で。きっとここが、妻との待ち合わせ場所だ。あと一通手紙が残っているけれど、僕はそう確信していた。

早く行かなければ。大さん橋は山下公園と赤レンガ倉庫の間だ。ここからなら数分もかからない。

細長く海に突き出た形の、大さん橋国際客船ターミナル。その屋上広場の途中で、僕の足は止まってしまった。

僕が妻にプロポーズしたのはもっと先、海に接した端の部分だ。なのに、これ以上歩を進められない。

「なんでだよ……」

自分の足を拳で叩きながら、その場に座り込む。すると、今まで我慢していた涙がどんどんあふれてきた。

ダメだ。あそこには行けない、行くのが怖い。行っても、妻はそこにはいないのだから。

しゃくりあげながら、妻の笑顔を、ぬくもりを、その声を思い出す。一日中待っても、妻は待ち合わせ場所に来ないだろう。

千笑は、僕の最愛の人は……、

一ヵ月前に亡くなってしまったのだから。

『ねえ、次の結婚記念日までには退院できるかな？』

妻がそう訊いたのは、九回目の結婚記念日を病室で過ごすことになってしまったからだった。数ヵ月前に入院した妻は、自分の病気が治ることを、このときはまだ信じていた。

『ただ待ち合わせするだけじゃ面白くないから、宝探しみたいにしたらどうかな？　問題を解くと、待ち合わせ場所につくようにするの』

パジャマ姿で前のめりになった妻は、瞳を輝かせていた。

『いいんじゃない、でも問題を作るのが難しそうだよ』……と僕は答えた気がする。

『じゃあ、私が問題を考えておくね。ふふふ、楽しみにしていて』

そうして妻は病室のベッドの上で、僕に隠れるようにしてメモ帳になにかを書き付けていた。きっと問題を繰り返し考えていたのだろう。

妻が亡くなったあと病室で手紙を発見した僕は、妻の最後の望みを叶えるために、ひとりで横浜にやってきた。妻が亡くなった記憶なんて忘れて、『待ち合わせ場所には妻がいる』、そう思い込むことでここまで来た。

どうして今になって、後悔するようなことばかり思い浮かぶのだろう。

中華街だって、妻は本当は買い食いじゃなくて有名な店に入りたかったかもしれない。大観覧車は一回しか乗ってあげられなかったし、鐘だってもっと素直に鳴らせばよかった。妻を喜ばせる気の利いたロマンチックな会話だって、照れないですればよかったんだ。

ねえ、僕は本当に、君を大切にできていたのかな。君を幸せにできていたのかな。

そう問いかけても、もう答えは返ってこないんだ――。

手に持っていた五通目の手紙に、ぽたりと涙が落ちる。

大切な妻の遺品なのにシミになってはいけないと、あわてて中の便せんを確認する。ボールペンで書かれた文字はにじんでおらず、ホッとしたそのとき。僕は妻の書いた文章に違和感を覚える。

妻は筆まめで、僕や両親にしょっちゅう手紙を書いていた。作ったお菓子を渡すときにメッセージカードを添えたり、誕生日にバースデーカードをくれたり。一緒に行った旅行先から絵はがきをくれたこともあったっけ。僕が寝たあとこっそりはがきを書いて、チェックアウトのときにホテルの人に投函を頼んだらしい。そんな楽しいサプライズが、妻は大好きだった。

そういえば妻の手紙は、必ず『○○さんへ』で始まり、自分の署名で終わっていた。今回は謎解きの手紙だから省いたのかもしれないけれど、それ以外にもなにかが違うような……。僕は目をハンカチで拭ってから、手紙を凝視した。

「……ん？」

すると、文章の最初の一文字だけ、文字の色が違うのがわかった。ほかの部分は黒いボールペンで書かれているのに、そこだけ濃紺だ。書いているうちにインクが切れたのだろうか？　いや、たぶん違う。なにか意味があるはずだ。

僕は一通目から四通目の手紙も広げて読み返す。すべての手紙の最初の一文字だけが、違う色で書かれていた。

それぞれの文字は、〝と〟〝我〟〝リ〟〝海〟〝朝〟。一文字目をすべてひらがなに直すと、『と・が・り・う・あ』だ。これを並び替えると——。

「〝ありがとう〟……？」

こんな凝った仕掛けを用意して、妻が僕に伝えたかったのは感謝の言葉だったというのか。

僕はふらふらと、屋上広場の先端を目指して歩いていく。海が一望できるその場所についたあと、バクバクと暴れる心臓をなだめながら、僕は六通目の手紙を開封した。最後に残ったその封筒は、ほかのものよりもわずかに厚かった。

『こうくんへ
あなたが今この手紙を読んでいるということは、きっともう、私はそこにはいないんだね。そして、あなたは手紙の謎を全部解いてくれたということだよね。私のわがままにつきあってくれてありがとう。あなたはいつも優しかったね。本当は怖かったのに、無理して観覧車にも乗ってくれたし、恥ずかしいのを我慢して、幸せの鐘も鳴らしてくれた。海辺を歩いているときも、さりげなく手をつないでコートのポケットに入れてくれたり、あったかい飲み物を買ってきてくれたりしたよね。私は、そんなあなたの優しさが、世界でいちばん大好きでした。小籠包の買い食いが好きなかわいいところも、プロポーズで緊張しちゃう不器用なところも、全部が大好きだったよ。私は、もっともっとあなたの妻でいたかったよ。もっと一緒にいたかったよ。十年だなんて、短すぎるよ』

ここまで読んだ僕は、人目もはばからずに声を出して泣いていた。

『だから生まれ変わっても、また私をお嫁さんにしてください。でもその前に、あなたと天国でもう一度会えたときには、あなたが生きた人生のたくさんの思い出話が聞きたいです。私が見られなかった景色や楽しいこと、いっぱい経験して聞かせてね。その日を楽しみに待ってます。　千笑より愛をこめて』

妻がこの待ち合わせデートを考えたのは、僕のためだった。次の結婚記念日のことを話した一年前にはすでに、自分の余命がわずかなことを悟っていて、作戦の計画をたてた。

妻が亡くなって泣き暮らしているであろう僕を横浜に行かせ、思い出スポットをまわり、幸せだった結婚生活を思い出してもらうために。

全部が妻の計画通りだったなんて、やっぱり僕は君がいないと生きていけないみたいだ。

だからこれからは、いつも君をそばに感じながら生きるよ。天国で君に会ったときに怒られないように、君へのお土産話を考えながら、人生を歩いていくよ。

これから先も毎年、結婚記念日に横浜を訪れて、君の好きだった場所をめぐろう。この場所で、一年分の愛を語ろう。その姿をきっと君は、遠くで見てくれていると思うから。

吊り橋の恋と地図

浜野稚子

毎日顔を合わせなくなって二か月しか経っていないのに、パソコン画面に映る娘は大人びて見えた。『お母さんカメラに近づきすぎ』と注意され、詩織(しおり)はダイニングチェアを後ろに下げて座り直した。

「ごめん、ごめん。インターネット電話って慣れなくて。で、大学はどう？」

『どうって言われてもコロナのせいでオンライン授業だよ。友達もできないし、こんな天気がいい土曜日に家着でゴロゴロしてる。せっかく神戸(こうべ)にいるのに』

大学生になった娘の花音(かのん)は四月から夫の実家に世話になっている。転勤族の子として日本各地を転々とした彼女には祖父母のいる神戸が故郷のようなものかもしれない。愛着を寄せる街での楽しい学生生活を思い描いて受験に臨んできただろう。コロナ禍でそれを実現できないもどかしさは理解できる。

「日常は必ず戻ってくるから大丈夫。嘆いてないで、今だからできることを探したら？　貴重な若い時間なんだからさ」

『そうだね。お母さんも大学時代大変だったんだもんね。当時の神戸の写真見せてもらったよ。お母さん、ひとり暮らしで震災に遭って怖かったでしょ？』

不意の問いに、「まあ、ね」と詩織は言葉を詰まらせた。

詩織の母校は花音が在籍する大学と違い低偏差値の女子大だ。岐阜の田舎で生まれ育った詩織がそこを選んだのは、ファッション誌でお洒落な大学と紹介されていたからである。浅薄な進学理由を思い返すだけでバツが悪い。

二年間は大学の寮に入るという親の条件を甘受し、念願のひとり暮らしを始めたのは三回生の春だ。ＪＲ六甲道駅近くの学生マンション、ワンフロアにワンルーム二戸の三階建てで、二階の二〇二号室が詩織の城だった。

そこで心躍る日々を送っていたかといえばそうでもない。もともと人付き合いが得意な方ではなく、サークル活動やバイトをしても心安い仲間は出来なかった。遊びに来るのは寮で同室だった友人くらいだ。

それにひきかえ、隣の二〇一号室の主は社交的で、大人数で騒ぐ声やゲーム音、時には寝物語を想像させる艶っぽい声が薄い壁を通して漏れ聞こえた。隣の芝生は青い。隣人の楽しげな様が伝われば伝わるほど、詩織は自分が若さを無駄にしているように感じた。隣人不在の静かな夜は心が荒れずホッとした。

大地震が神戸を襲ったあの日も二〇一号室は留守だった。

ドンと突き上げられるような衝撃でパイプベッドごと飛び上がり目覚めた。仄暗い部屋は視界が悪く、寝起きで思考力も鈍い。地震？　という胸中の発問に答えたのは強い横揺れだ。布団を被りベッドにしがみついた。物が落ちる音、割れる音、軋む音、騒がしい自分の心音、情報は音しかない。終わりが知れない地震の恐怖にただ圧倒された。余震の間隔が長くなり、漸く(ようや)ベッドから這い出したときには、部屋中の物が床に投げ出され散乱していた。梁が斜めに傾き、壁に出来た亀裂が白く浮かんで見えた。

逃げなければ。本能的直観ではわかっていても、体が震えて動き出せない。しばらく呆然と立ち竦んでいたら、ベランダで物音がして、若い男の声が耳に届いた。

「チホさんっ、居(お)る？　チホさん？　チホさん、チホさんっ」

自分への呼び掛けでもないのに詩織はその声に励まされ、ベランダへ走った。カーテンを開くとガラスが割れて枠だけになった窓が現れた。二〇一号室との戸境の仕切り板は倒れていて、そこに黒いベンチコートを着た黒縁眼鏡の痩せた男が立っていた。困惑顔の男と正対し、詩織は唐突に自分が「チホ」でないことを申し訳なく思った。

「あのぉ、お隣さんは留守だと思います。……昨日から物音がしないので」

詩織の言葉に男は深く息を吐いて「そうみたいですね」と頷いた。白い息が行き場なく漂い、詩織は寒さに耐えかねてスウェットの腕を擦った。目の前の人の腕に縋れたらいいのに。そんな思いが頭によぎったとき、再び地面が揺れて、詩織は金切り声を上げて反射的に男の手を摑んだ。男は硬い表情で詩織と二〇一号室の間に視線を行き来させ、最後は伏し目がちに言った。

「ここはもう出た方がいいです。……一緒に行きますか？」

マンションのエントランスの壁が崩れていて、外へ出るにはベランダ伝いに下へ降りるしかないという。

地震の被害は詩織の想像を超えていた。ベランダの向こうの景色はまるで見知らぬ街だ。外壁が崩れ構造がむき出しになった建物や原形を留めない瓦礫の塊。朱に燃える火事が散見され、薄明の空に黒い煙が立ち込めていた。

　男が先に一階のベランダに降りて後続する詩織を支えてくれた。非常時に出会う人は魅力的に映る。吊り橋効果というものだ。それと知りつつ、見た目より骨太な男の手や肩に鼓動の高まりを覚えた。二〇一号室を不安げに振り仰ぐ横顔を垣間見て胸が痛んだ。彼が助けたかったのは詩織ではなくチホだ。

　男は一階の集合ポストに立ち寄ると、チホの郵便受けの扉に『心配しています　橋本（はしもと）』とメッセージを残した。電話があればこんな歯がゆい思いをしないのに。携帯電話はまだ世間にそれほど普及していなかった。

　彼の名は橋本敬一（けいいち）といった。国立大学の二回生で、二〇一号室の柄沢千帆（からさわちほ）は敬一と同じ学部の一年先輩だという。千帆は彼女なのかと訊ねると敬一は生真面目な顔で頷いた。彼女の身を案じて寡言になっていると考えられるが、本質的に物静かで純朴な人だと察せられた。二〇一号室で千帆と睦言を交わし合っていたのがこの人だとは信じられなかった。

「千帆さんは友達が多いから……きっと友達の家にいますよ。大丈夫です」

敬一を元気づけるつもりで口にした台詞は薄っぺらだった。

友達と一緒にいたところで無事かどうかは別だ。災害下では死が身近に横たわっている。路上で身を寄せ合っている人や崩れた家屋を呆然と眺めている人、誰かを探して叫んでいる人、皆死と紙一重の境を切り抜けた人だ。

敬一は詩織の励ましには応えず黙って歩き始めた。

案内されたのは避難所ではなく敬一の自宅だ。周辺の多くの建物が倒壊している中、敬一が両親と三人で暮らすマンションは居住可能な状態で残っていた。父親は出張のため不在で、母親の順子（じゅんこ）が詩織を迎えてくれた。敬一に似て痩せ型で人当たりが良さそうな人だ。地震で棚の上から落下したボードゲームの箱で怪我をしたらしく、額にガーゼを貼っていた。ごった返したリビングにルーレットで人生を決める双六ゲームが置いてあった。落ちてきたのはこれだろう。詩織は順子に頼まれて橋本家の片付けを手伝うことにした。

人生は、ゲームより複雑で予測がつかない。未曾有の大震災を経験し、面識のない隣人の彼氏に助けられ、家に招かれたりする。

敬一が千帆を探しに避難所へ出掛けると、「あの子に彼女がおるなんて今日初めて知った」と順子が肩をすぼめた。彼女の気配など感じさせなかった敬一が、今朝は順子が止めるのも聞かず震災直後の街へ飛び出して行ったらしい。「彼女がひとり暮らしやから心配や」と言って。

「どこにおるんやろねえ、千帆さん。無事やとええけど」

順子の呟きに首肯する。生きていてほしい。亡くなってしまったら、千帆の存在が敬一の心に刻み込まれ、生涯敬一を支配しそうな気がした。

昼食は順子とカセットコンロで炊いたご飯でおにぎりを作った。橋本家の貴重な食糧を減らしてしまうのが心苦しかったが、順子は心配しないでと買い置きしてあった米の袋を見せてくれた。娘がひとりふたり増えても大丈夫だからと言ってくれるのは、敬一が千帆を連れてきたときに詩織が遠慮しないようにと気遣ってのことだろう。

最寄りの避難所で千帆は見つからず、敬一は疲れた顔で帰ってきた。

敬一が避難所で得た情報によると、阪急沿線よりも北側は地震の被害が少なく、使用可能な公衆電話も多いらしい。それなら大学の寮で電話が借りられるかもしれない。実家の両親に一言無事だと伝えたかった。敬一も父親と連絡を取るため、寮まで同行してくれることになった。

街は陰鬱な空気に沈んでいた。敬一がいてくれなければ心細かっただろう。前を歩く背中を見やると、視線を感じたのか黒縁眼鏡が振り返った。彼なりに詩織を気遣って歩いているのがわかる。詩織の不安を慮って（おもんぱか）ってわざわざ一緒にきてくれたのかもしれない。控えめな優しさが琴線に触れる。

詩織の心はまだ吊り橋の上にあった。

阪急の線路を越え坂道を北へ上っていくと見慣れた情景が開けてきた。聞いていた通り、南の方と違って倒壊した建物が少ない。神戸は南と北で全く違う二つの世界に分けられたかのようだった。

詩織は寮の集会室の公衆電話で涙声の母と話した。テレビ番組は震災情報一色で、神戸の映像を見て気が気でなかったらしい。敬一は出先の父となかなか連絡が付かず、ホテルや会社など複数の場所に電話していた。

詩織は敬一を集会室に残し、かつて同室だった友人の歩(あゆみ)の部屋を訪ねた。歩が敬一の大学のテニスサークルに入っていることを思い出したのだ。

詩織の顔を見るや否や、歩は熱烈なハグをしてきた。詩織のマンション周辺の状況を聞いて心配していたという。感動の再会もそこそこに詩織が本題に入ると、歩は不満げに「柄沢千帆? 知らない」と首を横に振った。歩の背後で彼女と同室の後輩が「知ってますよ」と返事した。後輩は歩とは別のテニスサークルに所属していて、千帆もそこのメンバーだという。

「千帆さんは彼氏さんのところにいますよ。同じサークルの人です」

「え? 千帆さんって、彼氏と同じサークル?」

彼氏の名前は橋本敬一じゃないの? と聞きそうになるのをグッとこらえた。

「千帆さんは甘え上手というか、ちょっと軽くて。つまみ食いもしてるみたいですけど、一番長く付き合ってるのはうちのサークルのコーダ先輩です」

「そ、そうなの……。じゃあ今そのコーダって人と一緒にいるのかな……」

「だと思います。大学近くのアパートですよ。昨日は飲み会の後一緒に帰ったから心配しなくていいと思います。地図描きましょうか？」

敬一と千帆が通う大学は寮よりも北だ。千帆は自分の部屋より安全な場所にいると考えられる。幅広の付箋に描かれた地図には、『山田ハイツ三〇五、コーダセンパイ』という文字が添えられていた。敬一に何と言おう。詩織は地図をリュックに押し込んだ。とんだ爆弾を抱えてしまった。

千帆の安否を確認するまで敬一は避難所を巡って彼女を探すだろう。何日も駆けずり回って真実を知るより、今すぐ地図の場所を訪ねた方が傷つかないかもしれない。しかし。千帆とコーダに鉢合わせすれば惨めな気持ちになるはずだ。本命の彼氏の存在に気づかせずに、千帆を探すのを止めさせる方法はないだろうか。詩織は後輩が描いた地図を敬一に見せられなかった。

寮から戻ると、順子がソファで眠っていた。敬一は再び避難所に出掛けた。それを見送った後、詩織もひとつのミッションを遂行すべくこっそりと橋本家を出た。ダウンジャケットのポケットに油性マジックを忍ばせて。

やってきたのは自宅マンションだ。傾いた建物の中に人の気配はない。息を潜めるようにして集合ポストへ向かった。敬一に見つかったら万事休すだ。外出に気づかれる前に家に戻っておかなければいけない。心臓が痛いほど強く脈打っていた。二〇一号室の郵便受けの前でマジックを取り出し、『心配しています』という敬一の字の下にペン先を走らせた。

『無事です、心配しないで』

だから無理して彼女を探さないで、と願う。生死を憂慮するような非常事態のおかげで敬一の千帆への想いは上積みされている。こんなときに彼女の裏切りを知るなんて不憫でならない。事実を知るのはせめて敬一が平常心を取り戻してからであってほしい。

急いで戻ろうと踵を返したとき、正面に黒いベンチコートが立ちはだかった。

「そこで何を？」

冷ややかな口調に体がこわばり視線を上向けられない。ポケットの中でマジックを握りしめた。言い訳は考えつかなかった。詩織は結んでいた口を吐息と共に開いた。

「返事を書きました」

「何であなたが？　成りすますとか、最低ですよ。そんなんして俺が喜ぶと？」

「いいえ。ただ少し楽になってくれたらと思って。すごく必死で辛そうだから」

「ええ、必死です、当たり前ちゃいます？　人の生死がかかっとんのやし。こんな災害の……こんなときに茶化さんといてください」

敬一の声が震えていた。怒鳴るのを我慢しているようだ。

「……成りすましたわけでも、茶化したわけでもありません」

詩織は涙で声が潤みそうになるのを耐えた。

千帆に成りすましたつもりはない。千帆は無事だから心配しないで、というメッセージは詩織の思いだ。なにより、こんな場面で人をからかうような、茶化すような人間だと敬一に思われたことが悲しかった。

詩織は唇を噛んだ。震度二程度の軽い揺れが足元を震わせても、敬一と詩織は向き合ったまま立ち尽くした。口を切ったのは敬一の方だった。

「早う探さなあかんのです。動かれへんような怪我しとうかもしれへん。……

元気やったら会いに来とうはずですし」

元気でも会いに来ないケースがあるとは予想だにしないらしい。お人よしめ。

敬一の優しさが踏みにじられるのを見ていられない。彼が傷つくのは嫌だ。

詩織には言えなかった。千帆が敬一をつまみ食い程度の相手と軽んじているなんて。吊り橋を降りても詩織は恋をしていたから。

涙がこぼれないように、見開いた目の瞳だけを上方へ動かした。それはちょうど上目遣いで敬一を睨みつけるような感じになった。

敬一は黒縁眼鏡を人差し指で押し上げて不愉快そうに目を逸らした。

それからほとんど敬一と話すことなく、二日後に橋本家を去った。食糧の限られた被災地の負担にならないように、帰れる場所がある者は速やかに帰るようにと大学から寮生や下宿生たちにお達しが出ていた。詩織も寮生と一緒に歩いて神戸を離れたのだ。

被災地を出れば、建物と道路が街並みを成して車や電車が動き、人は通常通り生活していた。夢から醒めるがごとく突然日常に戻った。

『お母さん、コーダセンパイって誰？　おばあちゃんのアルバムから地図が出てきてね。お母さんから預かったメモだって言うのよ。懐かしいって笑ってた』

見覚えのある地図が描かれた付箋を花音がカメラの前に突き出した。詩織の頬がみるみる熱を帯びる。

あのとき実家に帰る前に詩織は千帆の疑惑を順子に話し、地図を託した。

恋心は実家に帰っても冷めずに詩織の胸に残っていたが、敬一に再会するつもりはなかった。なにせ恋した時点で失恋をしていたのだから。彼はコーダの存在を知っただろうか。真実を知って千帆を恨んだだろうか。時々そんなことを考えながら、やがて詩織の人生で最も劇的な思い出となって心の奥にしまわれていくのだろうと思っていた。

大学が再開されると、詩織は歩とふたりで部屋を借りて災害支援のボランティアを始めた。入学当初願っていたお洒落な大学生活とはかけ離れていた。憧れの街神戸は大打撃を受けて復興へと立ち上がったばかりだった。

ボランティアと就活で地味ながら充実感を得られるようになった頃に、再び敬一に会った。同じボランティア団体に彼が登録していたのだ。

敬一は地図の場所を訪ね、すべてを知ったらしい。最悪な気分を味わったが、その後なぜだか詩織に会わなければいけない気がしたのだという。人伝に聞いて回ってすぐに詩織を見つけた。まったく人探しが好きな人だ。

二度目の出会いの後は平凡だった。電話番号を交換して、映画を見に行って、就職で遠距離恋愛になって、なんとなく付き合いが続いて、結婚した。

『もしかしてコーダセンパイって男の人？　お母さんの元カレとか？　お父さんとお母さんってボランティアで知り合ったんだよね？　まさか三角関係だったんじゃ……。ねえ、教えてくれないならおばあちゃんに聞くからね』

いかなる状況下でも、誰にでも、その人なりの青春がやってくる。思い返せばこそばゆいのにずっと忘れず心に置いておきたいような若い時代が。花音もこれからそんな時期を神戸で過ごすのだ。若く潑溂とした娘の顔を眺めると、詩織の心に甘酸っぱい気持ちが広がった。

窓の外の青空

杉背よい

その朝も、コツコツと足音が響いていた。今日も昨日も、その前の日も必ず同じ、この時間に家の前を通過する足音。隣で夫はまだ眠っている。

——あの足音は、ヒールだ。……ってことは、きちんとした服装なのかも。

まだ時刻は朝の六時。本間唯(ほんまゆい)は、やっと眠ったばかりの娘をベビーベッドに下ろしたところだった。夜通し泣き続ける生後二ヶ月の娘をあやしながら、毎朝、家の中で唯は、見たこともない誰かの足音を聞く。こんなに朝早くに家を出ているということは、長距離通勤をしている女性なのだろうか。大変だな……そう思いながら、「羨ましい」という言葉がふいに口をついて出る。

口にして唯は、自分で驚いてしまった。唯は娘を授かるまで横浜の企業で働いていた。妊娠中に体調不良が重なり、迷わず退職する決意をした。子供が第一だと思ったし、自分の体調に不安もあった。その時は最善の決断をしたと思うし、子供が無事に生まれた現在もそう思っている。仕事は激務で、急な欠勤をせざるを得ないのも気が引けたし、初めての子育てで、小さな子供とともに生活しながら以前と同じように働くことは、まったく想像できなかった。

唯はソファで仮眠を取りながら、朝日が昇るのを待っていた。娘は周囲が明るくなればまた目を覚ます。唯は窓を開け、娘が生まれてからの習慣でラジオをつけた。女性パーソナリティの明るい声が「おはようございます」とオープニングの第一声を上げる。続いて流れてきた最初の曲のイントロに、唯は思わず飛び上がった。

「これ、大好きだった曲……！」

まだ言葉を話せない娘に思わず話しかけ、そんなささやかなことで飛び上がるほど嬉しくなるのに唯はまたしても驚いた。娘を抱き上げ、大学生の頃によく聴いた懐かしい曲に合わせて小さく体を揺らした。窓からは、遠くまで見通せるような青空が見えた。

友部（ともべ）みのりは電車に揺られていた。始発電車とは言え、結構な数の人が乗っている。皆、長距離通勤で疲れているのか誰もが眠っていた。みのりはスマホでニュースサイトをチェックしていると、あっという間に降りるべき駅に着いた。「みなとみらい」、アナウンスを聞くともなく聞きながら電車を降り、職場へ向かう。みのりの仕事はラジオのパーソナリティだ。

「みのりさん、おはようございます！」

スタジオに着くと、担当の女性ディレクターがみのりの服装を褒めてくれた。

「冬に明るい色のニットっていいですね」

そう言う自分も洗練されたシャツを着こなしているディレクターは温厚で、何か注意をするときには必ず褒めるべき言葉も一緒に添えてくれる。「ありがとうございます」と頭を下げて、みのりは放送前の打ち合わせを始めた。この番組の制作チームとは毎日顔を合わせているが、まだ付き合いは浅い。

みのりは先月から、長きに渡る人気看板番組のメインパーソナリティを引き継いだばかりだった。自分が抜擢されるなど夢にも思っていなかったのでもちろん嬉しくてたまらなかったが、同時に言い知れない不安に襲われた。朝の看板番組には固定ファンがたくさん付いている。これまで聴いてくれていたリスナーが容易に自分を受け入れてくれるだろうか。もしもこれを境に離れていってしまったら――。悪い可能性ばかりが頭をよぎり、呼吸が苦しくなる。

「どうぞ。まずは体を温めて」

ディレクターが差し出したのは、湯気の立っている紅茶だった。一口飲むと、すっと緊張がほぐれていく。パーソナリティに決定した時に、まずディレクターから言われたことは、朝の番組の主な聴取者層についてだった。深夜から早朝にかけて仕事をする長距離ドライバー、主婦や自営業者など家で仕事をする人たち、そして子育ての合間に聴いてくれている人からのメールや葉書が多いのだという。

「その人たちが朝の時間をこの番組のために割いてくれている。聴いている人の生活や背景に想いを巡らせて、寄り添うような番組を作りたいと思っています」

ディレクターの言葉にみのりは力強く頷いた。「頑張ります」と、即座に言って頭を下げた。その言葉に嘘はない。だが同時に怖くなるのだ。私は果たしてリスナーの気持ちに寄り添えているだろうか。私の声はちゃんと誰かに届いているのだろうか――？

みのりはやっと白み始めた明け方の空を、スタジオのロビーの窓から眺めている。みなとみらいの観覧車はまだお客を乗せる時間ではなく、ひっそりと止まっていた。くっきりと灯るデジタル時計の表示をみのりはぼんやりと眺めていた。今日もたくさんの人がこの場所を訪れるのだろう、と思いながら。

閉ざされた窓の内側で、唯は途方に暮れていた。娘はなかなか眠らず、泣き続けていた。うとうとしかけたかとベッドに下ろそうとすると火がついたように泣き出す。赤ちゃんが安心するというオルゴールも環境音楽も、胎内を思い出すという音楽もまるで効果がなく泣き続ける。唯はくたびれ果てて、いつの間にか娘を抱いたままソファでうたた寝をしていた。窓の外からコツコツと足音が聞こえ、「もうそんな時間……」と唯は目を覚ました。娘をそっとベッドに下ろすと、眠り直す気になれずにメールを打ち始めた。打っては迷い、送信した頃には夜が明けていた。行き場のない思いを唯はメールに乗せて送った。

「おはようございます。二月十日月曜日。上空には分厚い雲が垂れ込めているここ、横浜みなとみらいです」

　ラジオパーソナリティの女性が高過ぎず低過ぎず、絶妙なトーンの声で朝の訪れを告げる。一日の始まりを優しく後押ししてくれるような温かい声だ。番組を引き継いだばかりだという彼女の声からは、時折緊張しているような空気が伝わってくるが、唯は彼女の声も話し方も好きだった。友部みのりさん。パーソナリティを務めるこの女性は横浜にいるのか――唯は目を細める。

　横浜はかつて唯が働いていた場所だった。会社帰りにはよくショッピングをしたり、目新しいお惣菜やお菓子、色鮮やかな花を手にして家に帰った。同僚や先輩と頻繁にお酒を飲み、食事をした。おしゃれで新しいお店は次々にでき、欲しいものや行きたい場所は無限にあった。横浜での生活が唯の生活のほとんどを占めていた。街が新しくなれば、自分もまたそれに順応する。街の呼吸とぴったり合った生活。手放すまではわからなかった。

「懐かしいな……」

　唯はつぶやき、抱き上げていた娘の小さな頭を撫でた。娘のまあるい頭は温かく、唯はできるだけそっと、気を遣いながら触れた。

みのりは本番前、ロビーで予め（あらかじ）ピックアップされていたメールに目を通していた。そしてその中の一通に目を留めると、じっくりと読み込んで、ところどころに赤ペンで印をつけた。その作業の途中でみのりは立ち上がって窓のそばまで行き、窓からの風景を食い入るように見つめ、そして再び席に戻ると猛烈な勢いでメモを取り始めた。みのりさん、と声をかけられるまで夢中で気付かないほどだった。

「みのりさん、今日のお茶です」

アシスタントディレクターの女性が持ってきてくれた紅茶を、みのりは微笑んで受け取った。

「もうすぐ始まるね、スタジオ入らないと」

まだ年若いアシスタントディレクターは、みのりの言葉に嬉しそうに頷いた。

「今日、いいお天気になりそうですね」

みのりも笑って、再び窓の外を眺めた。雲の切れ間から太陽が見え始めていた。

「そうだね。いい一日になりそうな気がする」


　唯は目を覚ました娘を着替えさせ、ミルクを飲ませてから窓を開けた。ラジオをつけると、オープニングには間に合わなかったがいつもの穏やかなパーソナリティの声が聞こえてきて、ホッとした。娘をバウンサーに座らせ、泣き声が聞こえたら慌てて駆け寄りながら、朝のもう一つの楽しみである一杯のコーヒーを淹れる。もっとも、娘の世話でゆっくり飲むことなどできないのだが、唯は家事と育児の間に、冷めてしまったコーヒーを一口ずつ、大切に飲んだ。

「続いてのメールです。ラジオネーム、あおぞらさんからです。ありがとうございます」

　唯はビクッと体を震わせた。「あおぞら」は咄嗟に唯がつけた自分のラジオネームだった。唯が緊張に体を強張(こわば)らせる中、パーソナリティが続きを読み上げる。明け方に送った唯のメールを、ラジオが受け止めてくれたのだ。

「みのりさん、おはようございます。毎日楽しく聴かせていただいています。私は一年前まで横浜で働いていました」

自分の書いた文章が、ラジオを通じて流れてくる。唯は不思議な感覚に襲われながら聞いていた。

「みなとみらいにオフィスがあって、毎日仕事に追われていましたが、仕事に時間を削られつつ、自分のためのささやかな買い物や食事で癒やされて、忙しくても楽しく、それが当たり前の毎日でした。今は小さな子供を育てていて、当時とは真逆の生活です。ほとんど家から出ず、みのりさんのいる横浜を懐かしく思い返しています。たぶん今私は、窓の中にいるようなものだろうと思います。それは比喩ですが……また窓の外に出られる日を夢見ています。私にとっての窓の外は、みなとみらいの観覧車であり、ランドマークタワーや赤レンガ倉庫……数え切れない素敵な場所の記憶に続いています。私の大切な思い出の場所が今日も輝いてくれていることが、私の未来への希望です」

みのりはそこまで読むと、息を継いで次の文章を読んだ。

「今、そちらの窓の外はどんなふうですか？」

ラジオを聴きながら唯は、手にしていたマグカップを握り締める。一瞬の間の後、みのりの声が唯にぐんと近付いたような気がした。

「あおぞらさん、聴いてくれていますか？　今から私に見えているもの、お伝えしますね。今日はいい天気で、観覧車が青空によく映えます。氷川丸の停泊する周辺には日向ぼっこする人たちが見えます。海面が光っていて、小さな船がのんびり浮かんでいます。そして、新しく開通したロープウェーがゆったりと運行していますよ。とても穏やかな、平和な光景です……」

――観覧車。船。日向ぼっこする人たち。

その光景が眼前に迫るようで、唯の目からは、いつしか涙が流れていた。みなとみらいの景色。当時は毎日見られる風景の一部だと思っていた、数々の景色がはっきりと唯の頭の中に蘇ってくる。

ＤＪブースの中のみのりは心を込めて、見も知らないリスナーに語り掛ける。

「私がいるこの場所は、日々変化していますが、ずっと変わらないものもここにはあります。またぜひ足を運んでくださいね。私も待っていますから」

「……はい」

唯は思わず、ラジオの向こうのみのりに向かって返事をしていた。窓の中にいる自分が、憧れの場所にいるパーソナリティのみのりとつながったように感じた。唯は窓の外に手を伸ばす。その先に、みなとみらいの美しい景色が続いているように思えた。

「さーちゃん、ママのメール読まれたよ。嬉しいなぁ」

唯がしみじみとつぶやくと、娘は寝息を立てていた。しばらく娘の寝顔を眺めた後、ラジオのボリュームをしぼって、娘の隣に横たわった。唯のまぶたの裏には、幸せな色が浮かんできた。


「お疲れ様でした」

放送を終えて、ＤＪブースを後にしようとしたみのりに、ディレクターが声をかけた。「無事に終わりましたね」「よかったですよ」いつも穏やかに声をかけてくれる彼女が、今日はことさら、しみじみとした口調で言った。

「今日の放送は、特によかったですね。みのりさん」

みのりは普段ならば、「まだまだです」と言葉を返すのだが、今日は素直に「ありがとうございます」と言えた。みのりの口調もまた、とても満足そうに響いた。

「何と言うか……ありがたいですね。ああいう人が聴いてくださって、メールをくれるのは」

ディレクターは深く息を吐き、みのりも同時に息をついた。二人で顔を見合わせて笑ってしまう。

「あおぞらさんにとっても、みのりさんにとっても、今日はよかった」

温かい言葉をかけてくれたディレクターをみのりは、まっすぐに見つめた。

「私もそう思います……本当に、そう思います」

みのりは、今自分が心から笑っていると感じていた。そして立ち去ろうとしたディレクターを引き止め、ためらわずに言った。

「私、今日初めて、聴いてくれている人の姿が見えるような気がしたんです」

ディレクターは振り返り、微笑んだ。みのりは頬が熱くなるのを感じていた。

唯はそれからも時々メールを出した。内容は他愛もないことばかりだ。娘が成長してできるようになったことや、ベランダで育てている植物の様子、最近気になっている音楽の話題。メールは読まれることもあれば、もちろん読まれないことも多かった。だが、パーソナリティのみのりを始め、番組スタッフや誰かが必ず読んでくれている実感があった。唯はそのことが、とても嬉しかった。

――いつになるかはわからないけれど、私は必ずまた窓の外に出る。

漠然としていて何も見えなかった将来の薄暗い足元に小さな明かりが灯ったような、そんなささやかな希望を唯は見出したのだった。

数日後、コツコツと響く足音で唯は目を覚ました。時刻はいつもと変わらない朝の六時。しかし、日を追うごとに少しずつ日の出の時間が早くなっていた。

――羨ましい。

半月前にそう思っていた唯は、自分の気持ちがいつの間にか変化していることに気付いた。

――羨ましい。だけど私も、きっと……。

きっと、の続きはまだわからなかった。働き始める。今よりもっと子育てに慣れている。何か新しいことを始める。

言葉の続きはわからなかったが、今はそれでいいと唯は思えるようになっていた。焦らなくてもいい。憧れの場所は、ずっとそこにあるのだから。

そして唯は、朝日を見ようと窓を開いた。自分でも衝動的な行動だと思ったが、気が付くと唯は窓を開け放っており、初めて家の前を通過する女性の姿を見た。

「あ」

女性と目が合い、気まずくなって唯は軽く頭を下げた。

女性は、唯が想像していたよりもずっとずっと若く、まだ入社したてのように見えた。リクルートスーツのような堅いスーツを着込み、たくさん歩くのであろう安定した高さと太さのヒールのパンプスを履いていた。

「あの……おはようございます」

唯は反射的に話しかけてしまった。女性は驚いた顔で立ち止まる。

「行ってらっしゃい」

思わずそう言った唯に、女性は目を見開いたが、嬉しそうにはにかんで頭を下げた。

「行ってきます……」

口の中でつぶやくように言った女性は、さらに深くお辞儀をして立ち去った。

唯はコツコツと遠ざかる靴音と、女性の後ろ姿を見ながら微笑んでいた。

――今日は晴れそうだから布団を干して、それからラジオをつけて……。

唯は窓から見える青空と、その下で回転する観覧車を思い浮かべていた。

横浜にも山はある

ひらび久美

「紗耶、二十六歳の誕生日おめでとう」

地元・神戸の大手スーパーでのアルバイトから帰ってきたら、テーブルにご馳走が用意されていた。いい歳して、五十代の父母と大学生の弟に誕生日を祝われるなんて、変な感じだ。たぶん、去年誕生日を祝ってくれた友人が結婚し、今年は一人で過ごすと知ったからだろう。

紗耶は食卓に着き、照れを隠すようにぶっきらぼうに言う。

「また一歩三十路に近づいたって、わざわざ教えてくれなくていいんだけど」

いただきます、と手を合わせた母が、さらりと答える。

「いいじゃないの。あと何年こうやって家族揃ってお祝いできるかわからないんだから」

その言葉を聞いて、紗耶は「えっ」と青ざめた。母は四年近く前に乳がんがわかり、手術を受けた。その後、つらい放射線治療と薬物治療を終えて三年が過ぎ、今は半年おきに検診を受けている。再発は手術後三年以内が多いと聞いていたが、まさか……。

心配と不安で紗耶の顔色が変わったのを見て、母は慌てる。

「違うのよ。紗耶はいつかお嫁に行くでしょ？　そうなったら、こうやって家族四人でお祝いすることはなくなるでしょうからって意味よ」

母の言葉に、紗耶はホッとして胸を撫で下ろした。

「でも、お嫁に行く予定なんてないけど」

そう言ってシーフードサラダを口に入れた。魚介をふんだんに使ったサラダに、母お手製のドレッシングがよく合う。アルバイトが休みの日は紗耶が食事を作るが、やはり経験の差か、母の料理には奥深い味わいがあって、食が進む。

「職場にいい人はいないの？」

ふと母に訊かれて、紗耶は苦笑した。

「いないなぁ。ほとんどが女性のパートさんだし、男性の社員さんは既婚者ばかりだし」

「姉貴はもう一度正社員を目指さないの？　もう母さんの通院に付き添う必要もないだろ。なにかあれば俺だってもう母さんを助けられるよ」

弟がミートローフにナイフを入れながら言った。続いて父が口を開く。

「そうだな。なにしろ紗耶は看病のために内定を断ってくれただけでなく——」

湿っぽい話が始まりそうで、紗耶は強い口調で父の話を遮った。

「前にも言ったよ。横浜の会社の内定を蹴ったのは、私には営業事務は向いてないって考え直したからだって。今の職場はアルバイトだから時間の融通が利くし、おかげで食生活アドバイザーの資格が取れた。今はフードコーディネーターの勉強もできてる。食品関係の仕事がしたいから、ちょうどいいの。それに、実家暮らしだと家賃がかからないから助かるし」

「紗耶……」

母は困ったような笑みを浮かべた。

「お祝いしてくれてありがとう。じゃあ、勉強してくるねっ」

紗耶は明るく言って食事を終えると、食器を片づけて自分の部屋に入った。

小学生の頃から使っている学習机に着いて、大きく息を吐く。

母の病気がわかったとき、弟はまだ高校生で、父は勤め先の工場の管理責任者に就任したばかりだった。母の入院や通院に付き添い、家事をすることができるのは自分しかいなかったのだ。結果として、結婚を約束した彼氏と別れることになってしまったが……母が元気になってくれたんだから、それでいい。

（司は……元気かな）

紗耶は頬杖をついて、大学生のときのことを思い出す。

地元の大学に進学し、大学二回生のとき、横浜出身で同じ学部の司と付き合い始めた。心配性で意地っ張りな紗耶と大らかでのんびり屋の司。性格は全然違ったが、ずっと一緒にいたいという気持ちは同じだった。彼とはいずれ結婚するつもりで、横浜の企業の内定をもらったが、四回生の後期に母の乳がんがわかり、看病のため内定を辞退した。卒業後は地元のスーパーでアルバイトを始め、司とは一ヵ月に一度彼が会いに来てくれて、遠距離恋愛を続けた。司の温もりに触れ、他愛ない話をして笑うと、泣きたいくらいに切なくなる。その一方で、母は治るのか、それまで司は待っていてくれるのか、彼にばかりお金や時間の負担をかけている……そんな不安が、いつしか心に積もっていった。

あるとき、一緒に映画館で映画を観ていて、ふと隣の席を見たら、司が寝ていた。ＩＴ企業でエンジニアとして働く彼は、入社一年目ながら大きなプロジェクトに関わることになり、残業が続いていると話していた。疲れているのに会いに来て、話を聞いてくれた彼の優しさに、改めて胸が熱くなる。それなのに、自分は母が心配なあまり、彼に八つ当たりをしてしまった。

大切な時期なのに……司の仕事に支障が出たら……。

エンドロールが終わって明るくなったとき、司はハッとしたように目を覚ました。

「寝ちゃってごめん」

すまなそうに顔を歪める司に、紗耶は冷めた表情を纏(まと)う。

「私もウトウトしてたから気にしてない。でも、お互い、こうして会うよりほかにやるべきこと、大切なことがあるよね。もう会うのはやめよう」

司は眠気が吹き飛んだような顔で瞬きをした。

「一時的にってこと？」

「……私は母が治るまで、母のことだけを考えたい。だから、司はもう神戸に来ないで」

紗耶は膝の上で両手を握りしめ、司を睨むように見た。その視線を受け止め、彼は目を伏せる。

「……わかった」

司は低い声で答えると、紗耶の手に一度軽く触れて席を立った。

それが三年前のこと。礼儀として母の治療がうまくいってがんが消えたことは年賀状で知らせたが、それだけだ。あれ以来、会っても声を聞いてもいない。あんなに優しい人はほかにいないのに、切り捨てるような言い方をして傷つけた。覚悟を決めて言ったはずなのに、司を思うといまだに胸の奥底が痛くなる――。

その三日後、大学在学中にゼミのメンバーで作ったコミュニケーションアプリのグループに、久しぶりにメッセージが届いた。ゼミ長を務めた新菜(にいな)からだ。

【同窓会をしたいという声があったので、ビデオ通話でオンライン同窓会をしませんか？　日時は事前に先生と相談して、二週間後の金曜日、夜八時からになりました。都合のつく方は、ぜひドリンク片手にご参加ください！】

みんな地元に帰ったり引っ越したりして、実際に集まるのはなかなか難しいから、オンラインで同窓会をしよう、ということらしい。

トーク画面を見ているうちに、何人かから【参加します】や【了解】と返信が続いた。そこに司の名前を見つけて、紗耶の胸がトクンと音を立てる。

あんな別れ方をしたのに……という気まずさもある。でも、彼の顔を見たい。

その気持ちに押されて、紗耶は【参加します】と返信した。


オンライン同窓会当日、紗耶は緊張でドキドキしながら、パソコンでアプリにログインし、グループのビデオ通話で同窓会に参加した。モニタに、ゼミのメンバー十五人と六十歳近い男性教授の顔が映し出される。

「ご参加ありがとうございます！　森ゼミ初のオンライン同窓会を始めたいと思います。まずは森先生からご挨拶と乾杯の音頭をいただきます！　先生！」

幹事の新菜に促され、森教授は咳払いをして口を開く。

「えー、こんばんは。皆さんがこうして一堂に会するのは三年半ぶりですねぇ。それぞれの分野で活躍している話など、ときどき耳にします。卒業生の活躍を嬉しく思っている……などと話し出すと長くなりそうなので、私の挨拶はこの辺にして、皆さん、どうぞ楽しい時間を過ごしてください。では、乾杯！」

画面の中で教授が焼酎のグラスを掲げ、紗耶も缶カクテルを持ち上げた。ほかのメンバーも缶ビールやグラスワインなどを手に、画面越しに乾杯をした。続いて新菜の提案で、名前のあいうえお順で近況報告が始まる。

ゼミで一番しっかり者だった女性が「起業しました」と語るのを聞きながら、紗耶は画面分割を変更し、司の姿を大きく表示させた。彼の髪型もハーフリムの眼鏡も変わっていない。穏やかで優しそうな雰囲気も一緒だ。彼は缶ビールを飲みながら、一点を見つめている。きっと画面で今話している女性の顔を見ているのだろう。カメラを見ない限り、紗耶とは目が合わない。合ったとしても、それは本当に紗耶を見ているのではない。カメラを見ているだけなのだ。

合いそうで、合わない視線。胸がひどく痛い。

やがて、「先日子どもが生まれました」とデレデレ顔で語る男性の報告が終わり、司の番が来た。彼は缶ビールを置いて話し始める。

「お久しぶりです、須田司です。地元の横浜でIT企業のエンジニアとして働いています。去年、主任になりました」

声も三年前と同じだ。けれど、彼の気持ちはもう変わっているだろう。

紗耶は司の左手をじっと見た。結婚指輪はしていないようだが、恋人はいるかもしれない。

近況報告が進み、今度は紗耶の番になった。小さく咳払いをして口を開く。

「こんばんは、辻本紗耶です。地元神戸のスーパーで働きながら、フードコーディネーターの資格を取ろうと勉強中です」

ほかに取り立てて話すことはなく、紗耶は短く終わらせた。やがて全員の報告が済んで、飲みながらの雑談が始まる。飛び交う懐かしい声の中、紗耶は耳を澄まして司の声を探した。けれど、聞こえない。声を聞きたいのに、司は静かにビールを飲んで、みんなの話に耳を傾けている。

そのうち、「すみません、子どもを起こしたらいけないので」とか「明日は早いので」と何人かが抜け始めた。新菜が時計を見て、驚いた顔をする。

「わ、もう三時間近く経ってる。それじゃ、今回はこの辺にしましょうか。最後に森先生、締めのご挨拶を……」

元ゼミ長に促されて森教授が挨拶し、続いて新菜が礼の言葉を述べた。そうして、森ゼミ初のオンライン同窓会はお開きとなった。

(結局、司の声は近況報告のときしか聞けなかったな……)

紗耶は名残惜しくてたまらず、司が退出するまで待つことにした。画面を見ていると、教授に続いてメンバーが退出し、懐かしい顔が次々に消えていく。そして気づけば、司の姿だけが映っていた。つまり、今ビデオ通話に残っているのは、紗耶と司だけ。

「……久しぶり」

画面の中で司が軽く手を挙げた。紗耶の胸が勝手に鼓動を速める。彼の視線は少し下を向いていた。紗耶の目線も同じようなものだろう。

「二週間と三日遅いけど、誕生日おめでとう」

視線の合わない司がにっこり笑った。誕生日を覚えてくれていたことが嬉しくて、紗耶の口元が自然と緩む。

「ありがとう」

「年賀状でお母さんのことを教えてもらったけど、その後、お変わりない？」

「うん、元気にしてるよ。再発するのは手術後三年以内が多いって聞いてて、今もう三年が過ぎて、家族みんな少し気持ちに余裕が出てきたんだ」

「それはよかった。このままなにもないといいね」

「うん、ほんとそう思う」

「紗耶は資格の勉強をしてるって言ってたね」

紗耶は「うん」と頷いた。この時間を引き延ばしたくて、話を続ける。

「司は昇進したんだよね。おめでとう」

「ありがとう。同期で一番乗りだよ」

司の口調は自慢げでも誇らしげでもない。彼らしいただただ穏やかな口調に、紗耶は笑みを誘われた。

「司は優秀だから」

うつむき加減の司の口元に、どこか淡い笑みが浮かんだ。

「紗耶が『会うのはやめよう』『神戸に来ないで』って言ってくれて、仕事に集中するようになったおかげだよ。あれでプロジェクトが成功したんだ」

「私の一方的な言葉だったのに、『言ってくれて』はおかしくない？」

「いや、『言ってくれて』だよ。あのときは俺が疲れてるのを気遣ってくれたんだよね？」

画面越しに司と目が合った。彼は今、カメラを見ているのだ。つまり、彼に紗耶の表情は見えていない。

本当には合わない視線。そばにいるようでいない、近いようで遠い不思議な距離感に、紗耶の口からあのとき隠した本音が零れる。

「それもあったけど……せっかく来てくれた司に八つ当たりする嫌な自分を見

られたくないって気持ちもあったんだ。わざわざ神戸まで来て……イライラしている私を見るのは嫌だったでしょ？」

司は小さく首を左右に振った。

「いや。本当は俺が紗耶を支えられたらよかったんだけど、俺と会うことが気持ちの負担になるのなら、紗耶の意思を尊重しようと思ったんだ」

「そうだったんだ……。今さらだけど……ごめんね。ありがとう」

二人の間に沈黙が落ち、パソコンのファンが立てる微かな音だけが聞こえる。もう退出した方がいいだろうか。けれど、心に留まったままの想いがそれを拒んだ。必死で会話を探す紗耶に、ふと司が口を開く。

「ねえ、横浜と神戸ってよく似てると思わない？」

突然訊かれて、紗耶は瞬きをした。そうして考えながら答える。

「……そうだね。どちらも港町だし、展望タワーや中華街、洋館があるよね」

「それに山も」

「山？　横浜に山なんてあったっけ？」

紗耶は横浜の地図や画像を思い出しながら首をひねった。

「六甲山みたいな高い山はないけど、ちゃんとあるんだよ」

「そうなの？」

「ああ。大丸山(おおまるやま)っていうんだ。標高一五六メートルで横浜市最高峰」

「標高一五六メートルで最高峰なの？」

六甲山地の最高峰は標高九三一メートルだ。紗耶は思わず笑みを零し、司はつられたように笑って言う。

「なかなかいい散歩コースなんだよ」

「そうなんだ」

「遊びに来ない？」

唐突に誘いの言葉をかけられ、紗耶は驚いて「えっ⁉」と目を丸くした。

「紗耶に『司はもう神戸に来ないで』って言われちゃったから、俺は神戸に行けないんだよね」

画面の中で司は紗耶をまっすぐに見た。その瞳には嫌みや怒りなど、負の感情は何も浮かんでいない。ただただ温かな眼差しに、紗耶は目の奥が熱くなる。

「……私たち、また始められる？」

「俺は終わったつもりはなかったよ。『会うのはやめよう』とは言われたけど、別れようって言われた記憶はなかったから」

「それでも……どうして……待っててくれたの？」

「紗耶がお母さんを待ってたからだよ。お母さんのことだけを考えたいって言ってたから、きっと新しい恋はしないだろうと思ってた。でも、タイミングが摑めなくて……ちょっとずるいと思ったけど、同窓会開催を持ちかけたんだ。もし紗耶が参加したら、これからは俺も一緒に待つよって伝えたいと思ってた」

司の静かな声に、胸に閉じ込めていた想いが大きく膨れ上がり、涙となって溢れ出る。それをごまかそうと、紗耶は横を向いてぶっきらぼうに言う。

「……その最高峰の低い山、見に行こうかな」

横目でチラリと見ると、滲んだ画面に映る司の顔が、大きな笑顔になった。

恋せよ、乙女

浅海ユウ

もう恋なんてしない。

そう心に決めながら、実家に帰る電車に揺られていた。七里ヶ浜にある実家に顔を出すのは一年ぶりだ。ひとり暮らしをしている東京都内のアパートから実家まで約一時間半。帰ろうと思えばいつでも帰れる距離だ。なのに、私には家族に会う時間が惜しいと思うほど夢中になった男性がいた。

けれど、先週末、偶然、街で見かけた彼は幸せそうな家庭人の顔をしていた。

そう。私が一年間、交際していた彼には妻子があったのだ。

土曜日も日曜日も家に閉じこもり、張り裂けそうな胸の痛みと戦った。

なのに月曜日、取引先の営業マンとしてスーツを着て、私が働くオフィスを訪れた彼は『もう少しだけ待ってくれ。妻とは必ず別れるから』と言った。

――私には彼を信じる勇気も、家族から彼を奪うだけの覚悟もなかった……。

やっと目が覚めたような気持ちになって久しぶりに実家に戻った私に、母がポツリと言った。

「ばあば、最近、記憶がちょっと怪しいのよ」

母が言う『小文ばあば』は九十九歳。母にとっての祖母、私にとっては曾祖母に当たる。家にいる祖母は『おばあちゃん』と呼ばれ、数年前に骨折して車椅子に頼らざるを得なくなって、自分から施設に入った曾祖母は『ばあば』と呼ばれている。

「あのしっかり者のばあばが認知症？」

母が淹れてくれた紅茶を飲みながら聞き返した。私の知っているばあばは口が達者で負けず嫌い、いつもきちんとしているイメージしかないからだ。

「まだその兆候があるってレベルだけどね。時々、若い頃の自分に戻っちゃうみたい。愛梨、あんたもハッキリとわかってもらえるうちに会っときなさい」

就職するまで実家にいた私は曾祖母の小文ばあばにとても可愛がられていた。ちょっとしたことでめちゃくちゃ褒められ、よくお小遣いをもらったものだ。

「そうだ。明日、愛梨がばあばの外出に付き合ってやってよ」

そう言われて気づいた。明日が十月三日で、ばあばの誕生日であることに。

「え？　まだ、行ってるの？　山下公園」

小文ばあばは毎年、自分の誕生日を横浜の山下公園で過ごす。それは曾祖父が亡くなった頃からの習慣だ。母は『じいじとの思い出の場所なのかしらね』と笑っているが、その理由についてばあば自身は誰にも語らない。

もし、長年連れ添い、十三年も前に亡くなった曾祖父のことを未だに想っているのだとしたら、恐ろしいほどの純愛だ。——そんな不滅の愛なんてこの世に存在するの？　今の私にはメルヘンのように遠い世界の物語のように感じる。

「いいよ。ついでに真相を探ってくる」

出来れば明日は陶芸教室に行きたい、という母の代理を請け負った。

翌朝、日本大通り駅の近くで待っていると、施設のロゴが入ったミニバンが止まり、シックな小花柄のワンピースを着た小文ばあばが降りてきた。

「お帰りの際はお電話いただきましたら、お迎えに上がりますので」

青いポロシャツ姿の若い職員が爽やかに言った。

ばあばはよそ行きの洋服を着ているだけでなく、薄くメイクまでしていた。

「おや、愛梨かい？」

ばあばはいつもの毅然とした表情で私を一瞥する。会うのは一年半ぶりだが、一目で私のことがわかったらしい。

――なんだ、しっかりしてんじゃん。お母さんが、ばあばの記憶がヤバい、とかいうからドキドキして損した。

「そう。今日は私がお母さんの代わりにお供しに来たの。ばあば、久しぶりだね。元気だった？」

「あたしゃ、このとおり元気だよ。愛子（あいこ）のヤツ、陶芸教室だかなんだかに行きたくてあんたを寄越したんだろ？　どうせ、何やっても長続きしないくせに」

――ご明察。孫の性格までしっかりわかってるじゃん。

心の中でそう呟きながら、ばあばの車椅子を押して公園の方へ向かう。

天気がよく、汗ばむぐらいの陽気だ。雲ひとつない秋晴れの空と、キラキラ光る青い海。本当に気持ちがいい。

秋の日差しを浴びながら広大な芝生公園に面した広い道をゆっくりと車椅子を押して歩いた。

「ああ、そこのベンチに座るから」

手を貸してくれとは言わずに、人を動かすところは変わらない。

「あ、はいはい。ここね」

そこは木陰になっていて、ちょうど巨大な客船が係留されているのが見える。黒い船体に白い客室。水面で羽を休める巨大な白鳥のようだ。

「氷川丸(ひかわまる)……だっけ」

確か、その客船は既に現役を引退し、今は記念館としてここに浮かんでいる。小学生の頃、家族で見学にきた記憶がある。

ばあばはそこに座り、黙って氷川丸を眺めていた。ただ、じっと船を見ているだけ……。感慨深そうに目を細めて。

「ばあば、ここって、じいじとの思い出の場所なの？」

不思議に思って尋ねると、「そんな在り来たりなことを言ってるのは愛子かい？」と皮肉な笑みを浮かべる。「え？　ま、まあ、そうだけど……」と私は言葉を濁す。すると、ばあばは「この話を聞かせるのはお前だけだからね。誰にも内緒だよ」と釘を刺してから話し始めた。

長い話になりそうな予感がして、私はばあばの隣に腰をおろす。

「じいじと結婚する前、私には別の許婚がいたんだよ」

「え？　そうなの？」

思わず見たばあばは、ドヤ顔だ。

「私が二十歳になる前のことだよ。その人は船大工……今でいう造船技術者としてこの氷川丸に乗船してたんだ。それはそれは凛々しくて、制服と制帽が似合う、いい男だったねえ」

当時の氷川丸は横浜からアメリカのシアトル、カナダのバンクーバーを回る北米航路シアトル線に就航していたのだという。

目の前の氷川丸を見つめたまま語るばあばは、恋する乙女のように頬を上気させていた。その顔つきは何だか老人のそれではなく、若い女性のように生き生きとしている。

「彼からお土産にもらう舶来品は珍しいものや高価なものばかりで、私、何をお返ししたらいいかわからなくってね」

その話し方もまるで最近のことを親しい女友達に語っているような口ぶりで、記憶が混乱しているような危うさを感じる。

「けど、戦争が始まって、この船は病院船として南方へ行くことになってね」

終戦までの三年半、ラバウル、ジャカルタ、サイパン、マニラなどへ赴き、三万人もの戦傷病兵を収容して内地へ輸送した、と話すばあばの声も表情も、切なさに満ちている。港で氷川丸を見送る若き日のばあばを想像した。

「南方への出航前にあの人は私に約束してくれたんだ。戦争が終わったら結婚しようって。結婚したら、私の誕生日を毎年、ホテルニューグランドで祝ってくれるって。だから、待っててくれって……」

そう約束して、ばあばの許婚の男性は横須賀(よこすか)から出航したという。

「けど、私が当時住んでた平沼橋(ひらぬまばし)の辺りも空襲で焼けて、疎開せざるを得なくなった。その矢先に、あの人の訃報が届いたんだよ」

「え？　訃報って……。許婚の人、亡くなったの？」

氷川丸が南方の海上で盲爆を受け、許婚が犠牲になったという話を、昨日のことであるかのように語るばあばは涙ぐみ、嗚咽（おえつ）を漏らす。

「涙が枯れるまで泣いたよ。けど、詳しい状況は全くわからなかったし、そんな紙切れ一枚では信じられなかった。だから私はあの人が帰ってくるのを待ったんだ……」

だが、許婚の訃報を受け取ってから三年後、ばあばは親族から強く勧められて別の男性と結婚した。それがじいじだ。じいじは家柄のいい資産家の次男坊だったが、許婚とは似ても似つかない見た目も性格も平凡な男だった、とばあばは長く一緒に暮らした連れ合いを酷評した。

「けどね。優しい人だったんだよ、じいじは。だから私は許婚を忘れようと決めた。子供が生まれてからは、生活に追われて思い出すことも少なくなった」

「じゃあ、どうしてここへ来るようになったの？」

私の質問に、ばあばがついた深い溜め息を海風がさらっていった。

「さあ、どうしてだろうねえ。六十年以上連れ添ったじいじが亡くなって四十九日が終わったら、何だか胸にぽかんと穴が開いたような気持ちになってね。妻として母として幸せに生きてきた。なんの後悔もないはずなのに、じいじが居なくなった途端に何だか何もかもが空しくなって、気が付いたら七里ヶ浜の家を飛び出して電車に揺られてた。それが十三年前の私の誕生日だった」

ばあばはほとんど無意識の内にホテルニューグランドに赴き、ひとりで食事をしたのだという。戦争が終わったら許婚と一緒に誕生日を祝うはずだった場所で、初めてひとりきりで食べたナポリタンの味は覚えていないという。

「ひとりきりのディナーは孤独を深めるだけだった……。寂しい気持ちでいっぱいになってしまってね。家に帰る気にもなれなくて、山下公園までぶらぶら散歩したんだよ。そしたら、そこに、あの人が乗っていた頃と同じ姿に塗り替えられた氷川丸が係留されてたんだ」

「同じ姿？」

戦後しばらく経ってから、ばあばがテレビで見た氷川丸は、許婚が乗船していた頃とは色が変わっていて、別の船のようだったという。それが、ちょうど十三年前に新しく塗装を施され、山下公園に係留されたのだそうだ。

「私を励まそうと、あの人が氷川丸に乗って会いに来てくれたような気がして涙が止まらなかったよ」

それ以来、誕生日にはここで氷川丸を見るのが習慣となったのだという。

「けど、それも今年で終わりにしようと思うんだ」

愛しそうに客船を見つめたまま、ばあばは寂しげに笑っている。

「え？　どうして？」

「私が外出すると皆に手間を取らせるし、周りの人間を心配させるからさ」

それを聞いて返す言葉が見つからなかった。ばあばは自分の認知機能が危ないことにそれとなく気づいているんだとわかったからだ。私が、そんなの気にしなくてもいいじゃん、と言ったところで、人の手を借りたくないというばあばの気概は変えられないだろう。

「愛梨。あんたが私にこんな昔話をさせるから喉が渇いちゃったじゃないか」

瞳を潤ませているばあばが、遠回しに飲み物を買ってこいと命じる。

「あ、ごめん、ごめん。私、自販機探してジュースでも買ってくるね」

ばあばの泣き顔を見ないようにして私はベンチを立った。

どんな顔をしてばあばに接したらいいのか、わからなくなっていた。許婚を失い、じいじと死別し、今はかつて自分の喪失感を埋めてくれた、支えだった場所にも別れを告げようとしている。――老いていくって、辛いな……。

そんなことを考えながら、自動販売機を探して公園の中を歩いていて、ふとひとりの男の人に目が行った。私と同い年ぐらいだろうか、その男性は芝生の上に座ってスケッチブックを拡げ、一心に氷川丸の姿を写生している。その絵はとても繊細なタッチで描かれていて、思わず目を奪われた。私が足を止めた気配に気づいたのか、青年が私を見上げた。何となく目が合ってしまった。眉が濃く、彫りが深い。その青年は、「あれ？　小文さん？」と不思議そうな顔で私を見ている。が、すぐに思い直したように、「そんなわけないか」と首を振る。

「あの……。小文は、ばあば……いえ、私の曾祖母の名前ですが……」

そう告げると青年は驚いたように「本当に？」と首を傾げるみたいにして、私の顔を覗き込み、確認する。

「じゃあ、これ、君の〝ひいお婆さん〟？」

そう言って彼は傍に置いていているリュックを探った。そして、定期入れの中から出して見せてくれたのは、セピア色に褪せた一枚の写真だった。詰襟を着た凛々しい男性の傍ではにかむように微笑んでいるのは若い頃の小文ばあばだ。

「こっちのキリッとしてるのが、俺のひい爺ちゃん。この船の乗組員だったんだって、ずっと自慢してた」

「あなたがひ孫？　じゃあ、ばあばの許婚だった人って……」

彼の曾祖父は戦時中、南方で氷川丸が爆撃を受けた際、負傷して海に落ち、アメリカ軍の捕虜となったのだという。戦後もなかなか日本に戻ることができず、帰国するのに十年近く掛かってしまったそうだ。帰国した時に許婚である小文という女性を探し歩いたが、彼女の家があった場所にはもう建物はなく、消息が掴めなかったらしい、と青年は彼の曾祖父から聞いた話を語った。

「まあ、結局、幼馴染だったひい婆ちゃんと結婚したんだけど、ひい爺ちゃん、なぜか毎年十月三日になると必ず俺を家から連れ出して、ニューグランドでプリンアラモードを御馳走してくれたんだ。ひい婆ちゃんには内緒だよ、って言って。けど、ひい爺ちゃん、十三年前に亡くなってしまってさ。十三回忌だし、せめて氷川丸の絵を描いて墓前に供えてやろうかと思って」

――十三年前に……。

奇しくもそれは曾祖父が亡くなり、ばあばが自分の誕生日に山下公園に来るようになった年だ。

「実は、ウチのばあばが十月三日にここに来るようになったのは十三年前からなの。そんなすれ違いって……」

そう打ち明けると、青年は俯いてかぶりを振った。

「マジか……。残念なニアミス……なんて言ったら、ひい婆ちゃんに怒られるかな」

どうやら、彼の曾祖母は健在のようだ。

「ふたりは別々に家庭を持ちながらも、心の深いところで繋がってたんだね」

私たちは同時に溜め息を吐いた。

ふたりとも、一緒に誕生日を祝うという約束を果たそうとしていた。ただ、その時期が違っていただけ。

「俺、椎名（しいな）。東京の美大で講師をやってるんだ」

そう名乗った後で彼は「ねえ、小文さんの絵を描かせてくれないかな？」と言い出した。曾祖父の墓に供えるのは氷川丸の絵より、思い続けていた許婚の絵の方が喜ぶと思うから、と。

「けど……」

私は迷った。ばあばが慕っていた男性が実は毎年、約束の日に約束の場所に来ていたことを伝えるべきかどうか。そして、その人は十三年前に亡くなってしまい、もう永遠に会えなくなってしまったことを伝えていいのかどうか。

——けど、ばあば、ここへ来るのは今日を最後にするって言ってたし……。

許婚の男性がずっとばあばを覚えていたこと。ばあばの誕生日には、ひ孫を連れて約束のホテルを訪れ、ばあばの誕生日を祝ってくれていたことを伝えてあげたい。

「わかった。ばあばの絵を椎名さんのひいお爺さんのお墓に供えてあげて」

悩んだ末、私は青年を伴って、ばあばのいるベンチへ戻った。

「ばあば、あのね……。実は……」

意を決して戻ってきたのに、ばあばの顔を見ると、何と伝えようか言葉に詰まってしまった。が、ばあばの目は、真実を打ち明けようとしている私を見てはいなかった。その双眸(そうぼう)は私の後ろに立っている青年に注がれている。そして、その皺深い頬を幾筋もの涙が伝っていた。

「椎名さん。やっと帰って来てくれたのね」

少女のような恥じらいと幸福とに満ち溢れた笑みを浮かべ、ばあばがそう呟いた。ようやく戦地から戻ってきた許婚を見つめるように瞳を輝かせて。

一枚の写真

那識あきら

「いらっしゃいませ」と店長が鈴を転がすような声で挨拶をする。私も掃除の手を止めて「いらっしゃいませ！」とお店の入り口を振り返った。

切り花満載のフラワースタンドの陰から顔を出したお客さんが、学校指定のクソダサジャージを着た私を見て「あら、『トライやる』？」と微笑んだ。

そう、今週は「トライやる・ウイーク」。今の私はそんじょそこらの中学二年生ではなく、ここ「花工房ラーナ」の臨時店員なのだ！

大阪の従姉も似たような学校行事があるって言っていたけれど、中学生の職場体験学習はここ神戸が発祥だ。月曜から金曜までの五日間、事業所に直接通勤する、と聞いて従姉はびっくりしてたっけ。これが元祖の本気ってやつよ。

お客さんのご厚意で、私が花束にリボンを結んだ。それを見守る店長の眼差しもとても優しい。皆、私が中学生だから色々と気を遣ってくれているのに違いない。実際に社会に出たらもっと苦労があるんだろうな、とは思うけれど、今こうやって花屋さんの仕事を体験できることが、私はとっても嬉しかった。

本日の巡回に来た先生を店長直伝の営業スマイルで見送って、お店の中に戻ろうとした私は、ふと背後に目をやった。ここは北野通り（きたのどお）の中心部で、道の向かい側には異人館のチケット売り場があるのだが、その横にある案内板の前で一人の老婦人がふらふらとしゃがみ込むのが見えた。

私が「あっ」と漏らした声を、店長が「あら大変」と拾ってくれた。「あの人、さっきからずっとあの前をうろうろしていたから、気になってたのよ」と言って店を飛び出していく。店長に話しかけられた老婦人は慌てた様子で身を起こしたが、そのままぐいぐいと店長に手を引かれて一緒にお店にやってきた。

「あの……もう大丈夫ですから……お客さんでもないのに、すみません……」

見ているこちらが気の毒になるほど恐縮する老婦人を、店長はレジ横にある小ぢんまりとしたテーブルスペースに案内し、結構強引に椅子に座らせる。

「世の中には二種類の人間しかいないんですよ。『お客さん』か『お客さんになるかもしれない人』です。今はちょうど閑古鳥しかいませんし、この机は接客用というより作業用なので、気にしないで一服していってください」

机の上のブーケを空いている椅子の上に移動させた店長は、一旦店の奥に引っ込んで、麦茶の入ったグラスを持って戻ってきた。老婦人はまたも恐縮しまくっていたが、水分補給の重要性を店長に説かれて、躊躇(ためら)いがちに口をつける。

「何かお困りですか？　そこの券売所は一部の異人館しか扱っていないんですよ。市の観光案内所が、坂を少しのぼったところにありますけれど」

老婦人は、観光案内所と聞いて一瞬目を見開いたものの、またすぐに俯いてしまった。バッグを抱える両手にググッと力が込められ……、そして、沈黙。

随分内気な人なんだな、と私は思った。誰彼構わず話しかけてくる近所のおばちゃんとは全然違う。着ている服やバッグはよく見る感じのものだけれど。

「何かお探しなんじゃないですか？　私でよければお手伝いしますよ」

店長の申し出に、老婦人はまたもハッと顔を上げ、そしてまたまた机の上に視線を落とす。その切なそうな表情を見たのだろう、店長はきりりと唇を引き結び、力の籠もった声で「お手伝いさせてください」と言い直した。

老婦人は「でも」と「ご迷惑では」を三回繰り返したけれど、店長が三回目の「大丈夫です」を言うと、おずおずと一枚の写真を机の上に出してきた。

「たぶん異人館のどこかだと思うんですけど、どの建物かわかりますか？」

それは古びた白黒の室内写真だった。洋風の窓の傍に一人の若い女性が立っている。老婦人本人なのかなと思ったが、よく見れば別人のようだ。ちょうど配達から戻ったバイトのお兄さんも加わって、三人で「うーん」と考え込む。

「確かに異人館っぽいね。二人とも、どの館かわかる？」と店長。

「やー、これだけじゃ、ちょっとわからないですねえ」とお兄さん。

私も「わからないです」と唇を噛んだ。同時に、マキなら知ってるかも、と思い当たったけれども……、私は喉まで出かかった言葉を一息に呑み込んだ。

マキ、というのは私の一番の友人……だ。少なくとも、先々週までは。

マキは大の歴史好きだ。ナントカという漫画の影響で、特に近代の世界史が大好きなのだ。異人館街や旧居留地の古い西洋建築に目が無くて、風見鶏(かざみどり)の館(やかた)や萌黄(もえぎ)の館(やかた)が高校生以下無料なのをいいことに、そらで正確な見取り図が書けるぐらい何度も見学に行っている。今回のトライやるでも当然のように異人館を狙っていたけれど、なんと活動に参加しているのは観光案内所を入れてたったの三軒だけ。しかも全て隣の中学が押さえてしまっているとのことだった。

異人館が無理ならせめてその近くでトライやるをしたい、とマキは言ったが、先生が配った事業所リストを見ると、北野にあるのは「花工房ラーナ」のみ。そして、それがリスト内唯一の花屋だった。

私は、昔からお花屋さんになるのが夢だった。だから、ものすごく悩んだけれど、第一志望に「花工房ラーナ」と書いた。マキがここに行きたがっているのは知っていたのに、どうしても諦めることができなかったのだ。

大きな事業所なら何人もの生徒を受け入れてくれるけれど、ラーナは個人経営の小さなお店だ。定員はたったの一名で、選ばれたのは私だった。先生にそのことを伝えられ、愕然と目を見開いてこちらを振り向くマキから、私は反射的に顔をそむけてしまった。あれからマキとは、ほとんど喋っていない……。

「よし、観光案内所で訊いてこよう。ミズノくん、ちょっとお店を任せるわよ」

店長の命を受け、お兄さんが「了解」と敬礼をする。「写真をお借りしますよ」
とさっそく回れ右をした店長を、老婦人が必死の形相で引き留めた。
「それは……それはやめてください、おおごとにしたくないので……！」
おおごと？　と店長が振り返る。老婦人はすがるような目で店長を見上げた。
「あの……、その写真は、亡くなった夫のものなのです。遺品を整理していて、
机の引き出しの一番下に大切にしまってあるのを見つけたんです……」
「ええと……、あの、ここに写っている女性は……」
老婦人が首を横に振るのを見て、店長が真顔になった。白黒写真をそっと机
の上に戻し、老婦人の向かいの椅子に腰を掛ける。
「なるほど、確かにそれは、大っぴらに訊いてまわりにくいですね……」
老婦人は、弱々しい笑みとともに「我儘をすみません……」と息を吐いた。
「写真の女性が誰なのか、気にならないと言えば嘘になりますが、でも何より、
私は夫のことが知りたくてここに来たのです。とても寡黙な人で、特に仕事の
ことなど全然話してくれませんでしたから」

か細い溜め息を一つ零して、老婦人は話し続けた。

「それでも、腕のいい大工だという評判は私も聞いていました。上からは期待され、下からは頼りにされ、あちこちの現場からお呼びがかかり、だから休日は疲れて寝てばかりで、一緒にお出かけなんて日々の買い物ぐらいで……」

愚痴かな、と思って聞いていたけれど、どうやら違うような気がする。老婦人の優しい微笑みを見て、私は、これは夫自慢でノロケなんだな、と確信した。

「でも、入院する少し前に『一度、北野の異人館を見に行こうか』と言われたんです。若い頃に仕事をしたことがあるんだ、と。だからこの写真を見つけた時、夫が言っていたのはここに写っているお家のことなんじゃないかと思って」

「それじゃあ、写真の女性は仕事関係の人なんじゃないですか？」

今にも外へ、観光案内所へ飛び出していきそうな店長に、老婦人は慌てた様子で「そうじゃなかったら大変ですから！」と、首を横に振った。

「あの人が私に見せたかったお家がどれか知りたくて、一つずつ異人館を見てまわろうと思っていたんですが、想像以上に坂がきつくて……。でも、こうやって話を聞いていただけて気持ちが楽になりました。ありがとうございました」

老婦人が「お茶をご馳走さまでした」と頭を下げ、店長が「いえ、そんな」と口ごもる。これ以上引き留めるのはお節介がすぎると思ってるのだろう。

うん、確かに、店長はかなりお節介だと思う。でも、と私は覚悟を決めた。

「あの！　実は私の友達に異人館にめっちゃ詳しい子がいて、たぶんその子なら写真の家を特定できると思うので、もうちょっと待っててもらえますか？」

どうせここまでお節介をしたんだ。可能性があるなら最後まで望みは捨てたくない。それに、私自身、この写真の正体が気になって仕方がなかったのだ。

「それは期待できそうね。ええと、私はササキと申します。お名前は……」

にっこり微笑む店長に、老婦人は恐縮しながら「ソネと申します」と答えた。

「ではソネさん、この机は今日は使わないので、遠慮なくお待ちください。ヒヤマさん、今日は後片付けは無しで、三時になったらすぐに帰っていいからね」

「ソッコーで帰って、ソッコーで戻ってきます！」

体育の長距離走の練習でも、こんなに全力で走ったことはなかったと思う。知らない人に「ナニゴト？」みたいな顔で見られるのがちょっと恥ずかしかったけれど、私は二十分かからずに自宅マンションに駆け込んだ。

肩で息をしながらクソダサジャージを着替えて、お出かけ鞄を摑んで自転車(チャリ)に乗る。私もマキもスマホはまだ持ってないし、そもそもケータイすら学校や学校行事に持ってくるの禁止だし、家に直接行ったほうが早いと思ったのだ。

マキの家の前で待つこと数分、ジャージ姿の彼女が帰ってきた。

私を見た途端、マキは驚いた顔をして、それから口をへの字に曲げた。

「なんの用？」

「あのさ、マキ、異人館に詳しいよね。窓の写真から建物を特定できる？」

「は？」

マキはしばらくの間ポカンと口をあけていたが、やがて不機嫌そうな表情はそのままに、「ちょっと待ってて」と言って家の中に入っていった。

十分後、私服に着替えたマキが分厚いファイルを持って家から出てきた。ムスッとした顔で、けれどいそいそとこの場でファイルを開こうとするマキに、問題の写真はトライやるの花屋さんにあるのだ、と言うと、彼女は眉間に皺を寄せたまま「自転車の鍵、取ってくる」ときびすを返した。

私がマキを連れて花工房ラーナに飛び込んだ時、店長は接客の真っ最中で、お兄さんはレジを打っていた。テーブルスペースではソネさんが、庭園の隅に置かれた置物のように、じっと静かに姿勢よく座っていた。

私はお店の邪魔にならないよう、店長に目配せをしてからソネさんを外に連れ出した。店の横の、人通りの無い路地で手早くマキにソネさんを紹介する。「よろしくお願いします」とソネさんに頭を下げられたマキは、「い、いえ、こちらこそ?」と裏返った声を上げてから、ばつの悪そうな様子で私を見た。

いよいよ、調査開始。路地の端に停めた自転車の、ハンドルを支えにしてマキがファイルを開く。そこには、建物の外観から、玄関、階段、廊下、おそらく全部屋、色んな角度で撮られた写真が異人館ごとに分類されて並んでいた。

私もソネさんも「凄い」と声を上げた。小さく頷くマキの顔が心持ち得意げに見える。そうしてマキはソネさんの写真を見ながらページをめくり始めた。

「上げ下げ窓は数が多いけど、萌黄の館のは桟の形が違う。風見鶏の館のは窓の位置がもう少し低い。うろこの家のも似てるけど壁まで距離がない」

これはここが違う、と次々と早口で解説するマキを前に、私はただ感心するばかりだった。異人館が好きだ、って、まさかこれほどまでだったなんて。

「旧フリューガ邸のがいい感じや思うたけど、この窓は階段にあるし。となると、この写真は現在公開されている異人館のものではないんと違うかな……」

そんな！　と声を上げかけた私を、マキは「まあまあ」と押しとどめた。

「震災以降、異人館は十棟以上も減ってしもうたんや。廃墟になって崩れてしもぅとうのもあるんよ。で、今ちょうどラインの館で『まちなみの記憶』展というのをやってて古い写真が展示されていたから、見に行ってみぃひん？」

店長に一声かけ、ソネさんと一緒に通りの北側にあるラインの館へと向かう。

板張りの壁に鎧戸が映えるお洒落なこの建物は、風見鶏の館とともに神戸市が所有していて、北野で唯一入館料が要らない異人館――とマキが教えてくれた。

ラインの館には神戸の街や北野の歴史についての常設展があったが、今回の目的は二階の多目的室。「まちなみの記憶」と掲げられた部屋には何枚ものパネルが立てられ、白黒写真や黄ばんだ地図が所狭しと並べられていた。

ソネさんを中心に、例の写真と見比べながら展示を見てまわる。半分を過ぎて諦めの気持ちが大きくなり始めた頃、遂に私達は一枚の写真に行き当たった。

それは洋風の家の写真だった。二階の窓がソネさんの写真とそっくりだ。

ソネさんが震える声で「まさか」と呟いては、何度も手元の写真を確かめる。

私もマキも息を詰めてソネさんを見守っていたら、突然背後から声がした。

「この建物は昭和三十年代に建てられた個人宅で、伝統的建造物ではないんですけれど、伝建保存地区内に相応しいものを、とわざわざ異人館風に作っていただいたんですよ。震災で火事になり取り壊してしまいましたけれど」

驚いて振り返った先には着物姿の老婦人が立っていた。私とマキが息を呑むのとほぼ同時に、ソネさんも目を丸くして右手を口元に当てる。何故なら――

「あら、これ、私だわ。こんな写真、いつ撮ったかしら」

その人はソネさんの左手元を見て、心底不思議そうな表情で首をかしげた。

やっぱり、とマキと手を取り合っていると、目の端でソネさんが動いた。

ソネさんは一度きつく口を閉じてから、ゆっくりと大きく息を吸った。

「……これは、この写真は、大工をしていた主人の持ち物から出てきたんです」

なんとか最後まで言いきって、ソネさんが視線を伏せる。私は、なんだかもう、ソネさん頑張ったね、と背中をいっぱいさすってあげたい気持ちになった。

着物の老婦人は何度も首をひねっていたが、しばらくして「ああ！」と目を輝かせた。「すると貴女は、人見知りの学士様ね！」と嬉しそうに微笑む。

ソネさんが、戸惑うようにまばたきを繰り返した。

「この家を建てていた時のことなんですけど、一人の若い職人さんが、お仲間から散々からかわれていたんです。今度結婚なさるお相手の女性が、あの当時には珍しく四年制の大学に通っておられたらしく、他の職人達がそれはもう男尊女卑甚だしいことを言って二人の結婚にケチをつけていましてね。あまりにも腹が立ったものですから、私、皆の前でこう申しましたの。『学のある女性って素敵じゃない。それに、そんな賢い方があなたと結婚したいと仰ったのでしょう？　あなたもその方に見合った魅力をお持ちってことよ』って」

得意げに胸を張った老婦人が、今度は悪戯っぽい笑みをソネさんに向けた。

「詳しい経緯(いきさつ)をお尋ねしたら、『幼馴染みなんだ』とか『読んだ本のことを楽しそうに話してくれるんだ』とか素敵なことを仰るじゃない。私もその方に会ってみたくなって、そうお願いしたら、『知らない人と話すのは得意じゃないらしいので』なんて仰って。ちょうど工事の進行状況を夫に伝えるために写真機を持参していましたから、私の写真を一枚撮っていただいて、後日お渡ししたの。この写真で予習したら、知らない人ではなくなるのではなくて？　と」

ふと横を見ると、ソネさんがはらはらと涙を流していた。「私の、ために」と呟いたあとは何か声にならない声を漏らしながら、その場にしゃがみ込む。

「大丈夫ですか」と手を差し伸べる老婦人を横目に、私とマキは展示室を出た。

隣の部屋でソネさんを待つ間、私にはやらなければならないことがあった。深呼吸をし、一瞬だけ目をきつくつむって、私は正面からマキを見た。

「ありがとう。マキが来てくれて本当に助かった。……それから、ごめん」

マキは無言で私を見返してくる。勇気を絞り出そうと私は両手を握り締めた。

「トライやる、北野で一軒しかなかった所を取ってしまってごめん！　でも、私、幼稚園の頃からお花屋さんに憧れてて、だから、どうしても……」

必死で話しているうちに、いつの間にか俯いてしまっていたみたいだ。マキが「やっぱりな」と言うのを聞いて、私は勢いよく顔を上げた。

「なんで最初っからそう言わへんの、って思うててん。もしも私が選ばれてたら洒落にならへんやん。うっかりガチ勢を押しのけるところやったわ」

「マキ……」

言葉に詰まった私の肩を、マキが軽く小突く。嬉しさに潤む目元を誤魔化しきれず、何も言えず、私は夢中でマキの首元に抱きついた。

いつも通りすぎる

朝比奈歩

『次は新横浜(しんよこはま)……』

新幹線のアナウンスに、ふわあ、と欠伸をして車内を見回す。降りる準備で席を立つ人がちらほらいる。

私は流れる外の夜景に視線をやった。降りるのは次の品川(しながわ)だが、関西方面からの帰りに新幹線に乗ると、たいてい新横浜駅あたりで目が覚める。

家は横浜と品川の中間ぐらいにある。新幹線なら、どちらの駅で降りても自宅につく時間は変わらない。乗り換えの都合で品川駅で下車しているだけだ。

下車してみたいと思いつつ、新横浜駅には一度も降りたことがない。他の横浜の駅にも近いせいか、いつでも来られる気がしてそんなに立ち寄ったことはなかった。学生の頃に、友達と何度か中華街に行ったことがあるぐらい。買い物なら品川方面に行くことが多い。

だから私にとって横浜は「そのうち行きたい」と思いながら、いつも通りすぎる街だった。彼を推すようになるまでは……。

地下鉄の駅をでて、勤め先の入っているオフィスビルに向かう。下の階が商業施設になっているビルのエントランスをくぐると、インフォメーションカウンターが数メートル先に見える。自然とカウンターに座る女性に視線がいく。たぶん私と同じ年ぐらい。少し古いデザインの制服姿だが、それがなぜかしっくりと決まっている。綺麗に整えられた艶のある髪や上品なメイク。綺麗な姿勢に、柔らかく品のある表情や仕草が指の先にまでいきわたっている。

飛び抜けた美人ではないけれど、その雰囲気と所作の美しさに目を奪われるのは私だけではない。たまに男性から声をかけられているので、きっとモテるのだろう。

そんな彼女の手元を、通りすぎる際にちらりと盗み見た。

さらさらと手帳の上をすべる万年筆。白地の本体に青色と黄色のラインストーンが斜めに入っていて、一見するとオシャレでちょっと高そうな一品。知らない人にはそう見えるだろう。だが、私の目は誤魔化せない。

「やっぱり……あれは限定品の……」

思わずもれた独り言に、彼女が顔を上げる。しまったと思ったが遅く、彼女は私を見て瞬きしたあと、シャラと鳴った音に引かれるように視線を下げる。万年筆と同じラインストーンが使われた蝶モチーフのバッグチャームが、私の仕事鞄の上で揺れている。

彼女は目を丸くし、察したようにこちらをもう一度見る。どう反応をすればいいか一瞬迷った私は、にへらと微妙な笑いを浮かべて目礼し、そそくさとエレベーターホールへと向かった。

間違いない。あれは私がハマっているスマホゲームの推しキャラグッズ。私の推しは生まれが横浜という設定で、推しカラーの青色は横浜のシンボルマークの色を模している。黄色は推しの髪色だ。

前々から気になっていたのだ。彼女の持ち物は常にその推しキャラカラーだった。最初は偶然かと思ったが、それが何度も重なると気になりだし、毎朝、彼女の前を通りすぎるときに持ち物をさりげなくチェックするようになった。

髪飾りやアクセサリー、ポーチ、ハンカチ……と数えきれないぐらい共通点を見つけた。けれど、公式で販売されているグッズではない。あくまでも概念。公式とは関係なく普通に販売している商品で、推しキャラ要素のあるものを概念グッズという。

だから確証はなかった。たまたまそのカラーの組み合わせが好きなだけかもしれない。それかまったく別のゲームやマンガ、アニメのキャラカラーの可能性だってある。

とても気になるけれど聞けない。そもそも周囲にオタク趣味を隠してるかもしれないのに、聞けるわけがない。

私は悶々とした気持ちを抱えながら、いつも彼女の前を通りすぎていた。気になるのに通過するばっかりの横浜と推しキャラの出生地にかけて、彼女を秘かに「横浜さん」と呼んでいる。

でも、さっき見た万年筆は予約限定生産で販売した公式グッズだ。ゲームグッズとはわからないデザインで、ブランドコラボもしている。お値段もそれなりだ。知らない人にはオシャレな万年筆だが、知っている人ならそれだとわかる。

私のバッグチャームも限定品で、彼女と同じ万年筆も持っている。

きっと彼女も同じキャラを推す同担だとわかったはずだ。

あああ、なんだかわからないけど嬉しくてむずむずする。話しかけてみたい！

そんな心の叫びを隠して、やってきたエレベーターに乗り込んだ。


今日、私は念願の横浜にきた。推しの出生地である聖地。ゲームの中にでてくる場所をいくつか巡り、腰を落ち着けたのは海の見えるカフェだった。ここももちろん、推しキャラの背景画で使われていた。

ひととおり写真撮影をして満足すると、ランチが運ばれてきた。それを食べながら、スマホゲームを立ち上げる。今、期間限定イベント開催中なので、少しの時間も惜しい。イベントをオート機能でこなしながらランチを食べ終えると、今度はタブレットとキーボードを取り出した。

聖地にやってきたという興奮で萌えがあふれかえり、脳内にいくつも物語（妄想）が駆け巡る。この情熱のままに、今すぐ書きださないでどうする！

想いのたけを叩きつけるように、キーボードを打つ。推しカラーで購入したスワロフスキーのブレスレットが、手首でシャラシャラと揺れる。概念グッズだ。見ているだけで心が躍り、さらに筆が進む。

書いているのは、来月の即売会イベントに合わせた同人誌の原稿だ。オタク活動は忙しい。一瞬たりとも無駄にはできない。

私がよく新幹線に乗って新横浜駅を通りすぎるのも、イベントで大阪(おおさか)に行くからだ。

横浜さんとはまだ話せていない。朝、目が合うと目礼ぐらいはするが、それ以外で彼女に会うことがない。私が帰宅する時間は別の人が受付担当で、彼女は下の階の商業施設に雇われているので会社も違う。接点がほとんどない。

朝の忙しい時間に声をかけるのもはばかられるし、内容が内容だ。彼女の態度から、同じキャラを推すことを嫌がる同担拒否の人でないことはわかる。

だが、それだけで軽々しく声をかけられるほどオタクというのは単純ではない。同担拒否をする人がいるように、同じキャラでも推し方の違いや解釈の違いなどがある。そういった違いで、同じファンでも仲違いし、いがみ合うことは珍しくない。長年の友を失くすことだってしばしば起こるのだ。

彼女と仲良くなっていいかどうか判断する材料が、あまりにも少なすぎる。

これがＳＮＳ上のお付き合いならば、相手のツイートやプロフィールを読んで趣味嗜好を探りながら仲良くなっていける。途中で合わないと判断すれば、フェードアウトでもブロックでもすればいい。ほとんどはＳＮＳ上の関係なので、私生活まで深く影響することはないからだ。

けれど横浜さんに関しては、実生活がかぶる。朝だけだが顔を合わせる。気まずい関係にはなりたくない。

まあでも、もういい歳だし。はしゃいで声をかけるのも痛い。自重したほうがいい。大人だもの。ここは、朝に挨拶するぐらいの関係でとどめておくべきじゃないかな。

相手だって距離を保っていたいかもしれない。

それに、今まで観察してきた感じから、横浜さんは隠れオタクだ。概念グッズや知る人ぞ知る公式グッズを愛用しているので、同僚に趣味を知られたくないだろう。

　推しキャラの話を振るにしても、まずは普通に友達になってからでないと。だけど……同じ職場でもない、朝に顔を合わせるだけの人と、普通に友達になるってどうするんだろう？

　ああ、やっぱり私は横浜さんの前を通りすぎ続ける運命なのかもしれない。溜め息をつきつつ、キーボードを叩く指は軽快だった。このぶんなら〆切に間に合いそうだ。

「やだっ。あの人、こんなところであんなゲームしてる」

　嘲笑混じりの小声が背後で聞こえ、びくっと体が緊張した。

　私か。私のことか？

　そろり、と斜め後ろに視線をやる。女性が三人座っていて、視線は私ではなく、少し離れた位置のテーブルでイヤホンをしてスマホゲームに熱中している男性に向けられていた。

「ちらっと見えたけど、あれって美少女とかでてくるそういうゲームでしょ？」

いわゆるエロいゲームだと思われているらしい。私が見る限り、男性が熱中しているのは全年齢対象のアプリゲームだ。女友達もプレイしている。ただちょっと女性キャラの露出が多いかもしれない。オタク文化に理解がない、そういうのを忌避している人から見たら、すべてまとめてエロコンテンツだ。

「こういう公の場でやらないでほしいよね。いい歳して恥ずかしくないのかな？」

侮蔑を含んだひそひそ声に、私はオートでゲーム中のスマホをそっとテーブルに伏せた。もちろん全年齢対象ゲームだ。女性向けで、美少女の代わりにイケメンだらけではあるが、けっして不埒な内容ではない。

ただちょっと、いたたまれなくなっただけだ。だいたいあの男性より、成人指定の原稿を堂々と書いている私のほうがヤバい人だった。

そそくさとテーブルの上を片付け始める。さすがに彼女たちに背後をとられたまま原稿をする胆力はない。私も公の場であることを自覚して、自重しなければ……。

物心ついたときにはゲームもマンガもアニメも普通にあった。私は、それを好んでも差別されることが少ない都心の育ちだ。オタクなのを隠さなくても、ヒエラルキー最底辺にはならない恵まれた環境と世代だった。

故に、たまに勘違いしてしまうことがある。オタクが市民権を得ていると。けれど日本全国がそんな大らかな環境ではない。建前はともかく、地方によってては依然としてまだオタクを蔑視する文化が根強いこともある。詳しくはわからないけれど、地方の友達からいろいろ聞かされる。

都心には、そういう地域からやってきた人も多い。昔はなにも考えていなかったが、今はそういう人々への配慮は最低限必要だと思う。デリカシーやリテラシーだ。

「見た目、キモいよね。かっこうもみすぼらしいし」

「うん。なんか洗濯してなさそう……汚い」

容姿のことは言ってくれるな。それは遺伝子の問題だから許してくれ。かっこうについても、臭ってるわけでもないしいいじゃんとも思うけど、身なりってすごく重要だ。

私も、昔は身なりにかまっていなかった。気にかける時間とお金があったら、すべてオタク活動にそそぎこみたい十代だった。

そんな一人娘に両親は頭を抱えていた。私の両親は、いわゆるリア充だ。二人の出会いはゲレンデとか言っちゃうような人たちで、バブルかと突っ込んだ。

その親世代は、まだまだオタクに厳しい。身なりを整えない私に何度も説教してきたし、自室に推し祭壇を作り五体投地をする年頃の娘を見て、母は泣きくずれ父は沈痛な面持ちで溜め息をついたものだ。

私はそんな両親を、オタク娘を恥ずかしがる見栄っ張りで理解のない、古臭い人間なのだと決めつけ反抗的だった。でも違った。

両親は反抗する娘を理解しようと、奇行はさておき一緒にアニメやゲームを嗜むようになった。私がどハマりする心情もわかってくれた。そしてあるとき母が言った。

『ねえ、そんなに好きなのに、なんで好きなもののために身なりを整えようと思わないの？　あなたの見た目や言動は、あなたの好きなものや人への評価にも繋がるのよ』

私はこの言葉に開眼した。

自身の今までの行いが走馬灯のように脳裏を駆け巡り、客観視してそのイタさにのたうち回った。

学校の勉強を放りだし、推しを崇め奉り、早口で素晴らしさをまくし立て、お小遣いをつぎ込み、寝食を忘れ、風呂も入らず徹夜で沼にどっぷり浸かる私の姿に、両親はなにを思ったのだろう。きっと怖かったはずだ。私の推しを恨み、危険視して悪いものだと思っただろう。

私は、自らの行いで愛する推しの評価を落としていたのだ。

ああそうか、両親は見栄できちんとしなさいと怒っていたのではなかった。私に、大切なものを守れるようになりなさいと諭していたのだ。

羞恥とともに、涙も込み上げてきた。私も、推しのように両親に愛されていたんだ。

それから私は最低限、見苦しくないよう身なりを整えるようになった。母やオシャレな友達にアドバイスをもらったりしながら、小綺麗になった。そもそもオタクというのは、どのジャンルに移動してもオタクらしい。やってみればオシャレはなかなかに楽しく、研究し甲斐のある分野だった。しかもこれで推しの評価も上がると思えば、着飾るのも推し活動の一環でしかない。

公式グッズにコスメだってあるし、推しカラーで彩ってくれるネイルサロンもあって楽しい。

おかげでぱっと見はオタクっぽくないが、隠れではない。オープンオタクだ。情熱があふれてしまうので隠すのはあきらめているし、隠さなくていい環境に生息している。

ゲームをしている男性もそうなのだろう。だから気が緩んで、誤解を受けそうなゲームを堂々と人前でしてしまうのだ。

「ほんと、嫌だよね〜。見た目もアレだし」

誰に聞かせるでもなく、オタク嫌いらしい女性の声が大きくなる。するとあせったように、涼やかな声が聞こえてきた。

「やめなよ、そんなふうに言うの。ああいうの不快になる人もいるから、こういう場では控えたほうがいいと私も思うよ。でも、容姿を批判したりは違うと思う」

おや、と立ち上がりかけていた私は座り直す。聞き覚えのあるこの天使のような声は、横浜さんではないか？

前に受付で案内していた声を聞いたことがある。もう一度、後ろを確認する。横浜さんと、残り二人もビルの受付の女性だ。見たことがある。

なんと。こんなところで横浜さんに会えるなんて、運命なのでは！

「え〜、かばうんだ？　もしかして、自分も同じだから？」

意地悪な声だ。ターゲットが男性から横浜さんに変わったのがわかった。

「え……私は、そんなんじゃ……」

「昨日、ビルでぬいぐるみの落とし物あったよね。それ見て、なんとかのキャラだとか言ってたじゃん。実は詳しいんでしょ？　いい歳して恥ずかしくない？」

くすっ、という笑い声。背中を向けてても悪意が伝わってくる。

なんだ、なんなんだ？　この人、もしかしなくても横浜さんが嫌いなのでは？

あれか。あれだな。美しい横浜さんに嫉妬して、オタク趣味を嘲ってやろうという魂胆だ。

どうしよう。ほぼほぼ私の妄想だが、間違ってないはず。

無関係な私が悩むことではないのだけれど、横浜さんには同担として親近感がある。このまま通りすぎたくない。

でも、でていってなにを言う気だ？「オタクを馬鹿にするな！」とか？

それこそイタくて、オタクへの心証が悪くなる。ここは冷静に、冷静になって会話に加わる糸口を……と考えながら、私はそろそろと振り返った。

「あ、あのお……受付の方たちですよね」

ビル名を告げると、イヤミ女性の笑みが引きつる。ついでに自分がそのビルに入っている会社の人間だと、軽く自己紹介をする。

「で、その落とし物って私のものかもしれません。昨日、限定品の大切なぬいぐるみを落としちゃったんです」

突然割りこんできた私に、三人が固まる。こちらを振り返った横浜さんは、私の顔を見て目を丸くしていた。

「あなたの落とし物……？」

イヤミ女性は、まさか違うでしょと言いたげにこわばった笑いをもらす。

わかるよ、その気持ち。リア充な母と私の努力の結果、見た目だけならちょっと圧のある丸の内ＯＬ風なのだ。実態はカフェで成人指定の原稿を書く腐女子です。

本当に、こういうとき見た目がいかに大事か実感する。あの男性と似たような身なりだったら、この女性はきっと鼻で笑って、上辺だけの謝罪ですませようとするだろう。

「すみません、オタクで。今度、取りにいきます。えっと、カワサキさんでしたよね」

さっき会話の中で、彼女が呼ばれていた名前を思い出して告げる。イヤミ女性が青ざめた。だよね。貶（おとし）めていた落とし物の持ち主と、こんなところで偶然出会うなんて思わないもの。そもそも大嘘だし。

ごめんね。別に、名前を確認したからって雇い主に連絡する気もＳＮＳで晒す気もありません。そんなこと絶対にしませんけど、圧をかけるようににっこりと笑っておく。

ちらりと見た横浜さんが、ちょっと楽しそうに目を輝かせた。

翌日、少し早めに出勤した。嘘の落とし物を口実に、横浜さんに声をかけ、名前を教えてもらうのだ。

ふふん、と自然と口角が上がった。これからはもう、彼女を通りすぎることはない。

友情は香りとともに

国沢裕

「それじゃあ、明日」

「うん。明日。楽しみやね」

そう言って由希子(ゆきこ)は電話を切る。電話の相手は、昔から友だちの恵麻(えま)だ。明日は久し振りに一日、ふたり一緒に過ごそうと約束をした。

行先は、神戸(こうべ)の北野異人館(きたのいじんかん)にあるオランダ館。そこへ、オリジナルの香水を作りにいく話になっていた。

物心ついたころから、由希子は恵麻と一緒にいた。

家も近所で、お互いにひとりっ子だ。小学校や中学校、高校も、ずっと本当の姉妹のように過ごしてきた。

しかし、見た目は正反対のふたりだ。由希子は色白で華奢な印象を与えた。えくぼがある笑顔は、昔もいまも変わりがない。一方、背が高く手足も長い恵麻は、顔つきもファッション雑誌のモデルのようにかっこいい女子だった。

性格もまったく違った。由希子は真面目な性格で心配性、規律から外れることを、何よりも嫌っている。昔もいまも、模範生や優等生と言われていたし自覚していた。対して恵麻は自由奔放な性格で、そばで見ている由希子は、いつもハラハラしていた。それでも、ふたりはずっと一緒に学生時代を過ごした。

それほど仲が良かったふたりだったのに、高校卒業のころからだろうか。それぞれ、学びたいものが違って別の進路を選んだ。

由希子は、小さいころからの夢だった幼稚園の先生になるために。恵麻は、ダンスアーティストとして。

将来の夢が明確になるとともに、由希子は資格が取れるように大学の講義を選び、塾の講師としてのバイトもするようになった。

恵麻はダンススクールに通い、ライブコンサートのバックダンサーや舞台のオーディションを受け続けるようになった。

生活のずれから昔ほど一緒にいることもなくなり、忙しい相手を気づかって相談もしなくなった。

由希子は勤める幼稚園が決まり、恵麻も活動拠点を東京に移すことが決まっている。ふたりは、これまで以上に会う機会がなくなるだろう。

高校までは、毎日会っていても、話題に事欠かなかった。お互いに、相手が言わんとしていることも察することができて笑いあえた。

あれだけ当たり前のように一緒にいたのに、どこですれ違うようになったのだろう。離れていても、さびしく感じなくなってしまったのだろう。

その、離れてもさびしく感じなくなった関係が、由希子にはとてもさびしく思えていた。それは由希子が感じていたことだが、きっと恵麻も同じ気持ちだったのではなかろうか。

通っていた大学が卒業目前になった由希子は、自分から思い立って恵麻に、一緒にプチ旅行をしようと誘った。

これから急に一泊旅行に出かけるのはむずかしい。日帰りで行ける場所として思いついたのが、北野異人館だった。そこにあるオランダ館へ香水を作りにいくことは、地元だからいつでも行けると思って、いままでふたりとも、行ったことがなかったからだ。

久しぶりの由希子の誘いを、恵麻は快諾してくれた。

神戸市北区に住むふたりは、最寄り駅の改札前で待ち合わせをしてから、神戸電鉄と神戸高速線の電車を乗り継いで、三宮駅に到着した。

駅から神戸の北野異人館へは、ゆっくり歩いて向かって三十分ほど。北野町広場を通り抜け、有名な風見鶏の館や萌黄の館の前を通って、細い坂道を歩いて目指すオランダ館へ向かった。

「高校を卒業してから、あんまり会わなくなっていたもんね」

「そやな。大学とダンススクール、通うルートも時間帯もバラバラだし。バイトもしていたら、全然生活習慣も違うし。近所に住んでいても、なかなか会わないものやな」

「わたしは、あんまり高校のころと生活が変わっていないかも。恵麻は、昔から活動的だったものね。ダンスの拠点も、東京に移すんだ……」

「そうやねん。オーディションも舞台も、やっぱり東京のほうが数が多いからチャンスも増えるし」

オランダ館に到着するまでに、ふたりはお互いの近況をぽつぽつと話す。

あれだけ仲が良かったのに、なぜ、何がきっかけで、疎遠になってしまっていたのだろう。

由希子に思い当たることがあるとすれば、忙しさを理由に将来の夢について、相談しなかったから……。

この旅行で、仲が良かったあの頃に戻りたい気持ちが由希子にはあった。

恵麻も、同じ気持ちだったらいいのにと考える。

いまも、昔のようになかなか会話が弾まないけれど、その原因が由希子の誘いに乗り気ではなかったから、なんてことはないと思いたかった。


大正時代中期に建てられた香りの家オランダ館は、赤い屋根に白い壁の木造二階建てだ。可愛らしくオシャレな洋館に、ふたりは足を踏みいれる。

オリジナルの香水を作るために、ふたり並んで椅子に座り、アンケート用紙に向かった。

その紙を眺めていた恵麻が、ふいに思いついたように口を開く。

「なあ。お互いに、相手のことをアンケートに書いて、オリジナルの香水をプレゼントしあわない？」

恵麻の提案に、由希子はパッと表情を輝かせる。

「それ、いいよね。面白そう」

そう言ってから、由希子は心配になる。

「でも、その人に合ったオリジナルの香水を作るんでしょう？　実際に作る調香師ってパヒューマーさん？　ブレンダーさん？　混乱しないかな……？」

香水を作る際の説明で、対面したときの雰囲気や仕草、声や話し方も考慮されると言われていた。

さっそく心配性の由希子は、ブレンダーの女性におそるおそる、お互いにプレゼントをするつもりだと伝える。

そんな由希子の考えは杞憂（きゆう）だったらしい。ブレンダーの女性は慣れたように、にこやかに返事をした。

「大丈夫ですよ。お相手をイメージした香りを作られるカップルもいらっしゃいますし。最近は推し香水と言って、好きな作品の登場人物の香水を作られる方も多くいらっしゃいますよ」

「ほら。由希子は心配し過ぎよ」

そう言って笑いながら、恵麻はアンケートに向き直った。


血液型や星座や年齢、基本的なことは、聞くまでもなく覚えている。好きな色や果物や音楽も、一緒に過ごしてきた中で、わかっている。簡単なアンケートを書き終わると、それをもとにブレンダーの女性から、ふたりは質問をされた。

「果物は桃が好きとありますが、香りが好きなのでしょうか、それとも味が好きなのでしょうか」

由希子に関する質問に、恵麻は、なにかを思いだすような表情をする。そして、小さくうなずいて答えた。

「味が好き」

そして、自信に満ちた表情で続ける。

「ピーチ色や桃の香りのリップじゃなくて、桃の果実が載ったパフェを好んで食べるから、味が好き」

その言葉に、由希子は、恵麻が、思っていた以上に自分のことを見ていてくれたことに気づく。ふたりで、ただ漠然と一緒にいただけじゃないんだ。

そんな由希子のほうへ顔を向けて、恵麻は、ふふっと笑みをもらした。

「なんだかドキドキするね」

そして恵麻は、ほかの質問にも迷いなく答えていく。

続けて、由希子が聞かれる番になった。由希子も恵麻と同様に、憶測ではなくて、これまでの記憶をたどった。

「好きな音楽は……。元気がでるからって、その曲を一時期ずっと聴いていたから。聴けば、無意識に身体がリズムをとっているくらい好き」

心配になって、ちらりと恵麻の表情を確認しながら、由希子は言う。すると、恵麻がうなずきつつも、照れたような表情になっていた。

ぼそっと恵麻は、ひとりごちる。

「マジか……。それ、気づいていなかったわ」

その様子に、由希子は自信を持った。

思っていたよりも、離れていても長く会うことがなくても。

意外とお互いのことをよく知っていて、忘れていないものなのだ。


香水ができあがるまで、由希子と恵麻は、オランダ館の中を見て回ることにした。可愛い子ども服が展示された子ども部屋。その天井から、エンジェルのシャンデリアが吊るされている。

アンティーク家具が置かれている執務室を見たあとで、約百五十年前の自動演奏ピアノを目にした恵麻が、ふいに言った。

「由希子は高校で進路を決めるときに、幼稚園の先生になりたいって言っていたやん？　だから、小さいころからピアノを習っていて、受験の時期でも、高校のあいだも、ずっとピアノは続けていたよね」

「うん。そうやな。幼稚園の先生になることは、小さいころからのわたしの夢やったから」

「わたし、由希子はずっと、ピアニストになるものだと思ってた」

「え？」

由希子は、驚いた表情を浮かべる。恵麻はピアノを眺めながら、懐かしそうに続けた。

「由希子はずっとピアノを習っていたから、中学や高校の合唱コンクールでもピアノの伴奏者に選ばれていたよね。わたしはいつも、由希子はすごいなって思ってた。だから、由希子はピアニストになりたいと思っている、なるものだって、わたしが思いこんでいただけなんやけど。幼稚園の先生になりたいから教育学科に進むって聞いて、ショックだったんだよね」

「ショックって……」

「ずっと一緒にいたから、当然、由希子の将来の夢を知っていて間違いないって思っていて。反対に、わたしにはなりたい職業や夢がなくてさ」

「なんで？　恵麻は、昔から踊ることが好きやったやん？　小学校のときから、わたしのピアノに合わせて踊っていたときから、ずっと恵麻は、プロのダンサーになることが夢やと思っていた」

由希子は、初めて聞いた告白に、恵麻に驚いた表情を向ける。

「それを言ったら恵麻だって。小学校からずっとダンスを習いに行っていたし。いまだってもう、東京で出演が決まっている舞台があるやん？」

「舞台って言っても、ライブコンサートのバックダンサーで期間契約なんだけれどね。ダンスは習いごとのひとつやったけど。将来の夢じゃなかった」

そう言って、恵麻は、由希子に向かい合った。

「由希子のピアノに合わせて踊ることは、とっても楽しかった。高校でも、学校のピアノを由希子が弾いて、合わせて踊っていた時間は、わたしの宝物よ。でも、仕事として自分のダンスが通用するかなって、ずっと考えていたんだよね。ダンスは趣味で続けて、別の違う仕事に就こうかなって迷ってた」

「恵麻……」

「由希子が大学に入って、なかなか会う時間がなくなったし。お互いに目指しているものが違う職業だから、相談しても、苦労や不安って伝わらない気がして言わなかったんだよね」

恵麻は、由希子に苦笑いを浮かべてみせる。

「それでもやっぱり、小さいころから一緒にいて、それぞれの記憶の中にお互いがいて、思い出を共有しているのって、新しくできた友だちとは違うんだなって、今日改めて感じたよ」

「そうだよ。昔からずっと一緒にいる友だちだもの。わたしたちのあいだに、遠慮なんていらないのに」

「うん。もっと早く聞いてもらえていたらよかったね。大事な親友と、ずれを感じたまま離れ離れになっちゃうところだった」

中学時代に、優等生だった由希子が不真面目なクラスメイトと衝突したときは、恵麻が相談に乗ってくれた。

自由奔放でなんでも積極的に活動する恵麻が、周囲から目障りだとばかりに疎まれたとき、由希子は彼女の味方だと励ました。

表面的な付き合いではない。たとえ離れていたとしても、これほどお互いのことをよく知っていて心強く感じられる友人はいない。

これまでも、これからも。

それが、遠く離れる前にわかってよかったと、由希子は思う。

「なんだか今日もね、久しぶりに会ってさ。由希子がよそよそしく感じたから、すごく会いたくて連絡をくれたのかどうか、わからなくて」

恵麻のその言葉に、由希子はホッとした気持ちになった。

「それ、わたしのほうが心配していたことだよ。恵麻は、誘ったことを迷惑に思っていないかなって」

「とても嬉しかった。アンケートのときに聞いていても、ああ、由希子ってわたしのことを、よくわかってくれているって思ったよ」

「それはわたしもよ。恵麻は誰よりも、わたしのことを一番理解してくれているって」

ふたりで笑いあったことで、由希子には、これまでのわだかまりが一気に溶けるように感じられた。


できあがったと呼ばれて、由希子と恵麻は、ブレンダーの女性から香水を受け取った。いろいろな香りがあるオランダ館では、作ってもらった香りがわかりにくいだろう。そう考えて、ふたりはオランダ館から出た。

細くて急なオランダ坂をおりる。そして、風見鶏の館の前にある北野町広場に到着した。ここから、神戸の町が一望できる。

ゆるやかに円を描く石段に並んで座り、ふたりは、九ミリリットルの可愛らしい小瓶に入った香水を取りだした。

「これは由希子に。わたしからのプレゼント」

「わたしから恵麻に、プレゼント」

それぞれ贈り合うと、さっそくフタを開けて、香りを確かめる。

恵麻は、エキゾチックな香り。

由希子は、甘めの華やかなフローラル。

お互いにピッタリの香りだと思う。この香りに包まれると、ふたりで過ごしたいろいろな思い出が、よみがえってくる気がする。

「就職して、これからも、もっと会えなくなってしまうだろうけど。いつまでもわたしたち、親友だよ」

由希子が言いたかったことを、恵麻が先に言ってくれる。

この瞬間も、きっとふたりは同じ思いなのだ。

晴れやかな気持ちで、由希子と恵麻は、眼下に広がる神戸の街並みを見下ろした。

この香りに包まれるたびに、ふたりはこの日を思いだすだろう。

懐かしく、由希子のピアノに合わせて恵麻が躍った学生時代の日々を思いだすだろう。

All right! Thank you amigo!

神野オキナ

『横浜とハマはちがうのさ』

スマホの画面の中で、今は無い山下臨港線の高架下、MA－1をわざと裏返しに着たリーゼントに口髭の刑事は笑い、手にした銀色のリボルバーを悪党たちに向けて構えた。

「だが、ここにだって正義はあるんだ！」

銃声。悪党たちは倒れ、最後に残った男が、車からサブマシンガンを取り出して構えるまでの間に、口髭にリーゼントの刑事は、シリンダーを振り出して空薬莢を捨て、瞬く間に新しい弾丸を装塡し、最後に勢い良く回転させつつ手首のスナップで元に戻す。

夕暮れの中、銃を構え、睨み合うふたり。

「どうするね？　あんた、天使と踊ったことあるかい？」

「どういう意味だ」

「俺は、天使と踊った善人だ。だから絶対に死なねぇ。あんたはどうかな？」

起こされる撃鉄、廻るシリンダー。悪党は一瞬躊躇したが、意を決し、改めてサブマシンガンの引き金を引こうとした……銃声。だが、倒れたのは悪党だった。

「コウさん、そういう派手なことは、俺らみたいな若いのに任せてくださいよ」

言いながら、画面の外から、コルトガバメントのカスタムモデルを構えた、ロングコートにスーツ姿の男が苦笑を浮かべながら近づいてくる。

「お前だってもう若造じゃないだろうが、ホシ」

苦笑しながら口髭の男はリボルバーの撃鉄を戻してくるりと回転させ、MA−1の内ポケットに戻した。

その二人を背後から狙う男たち。

振り向きざまに刑事二人は横っ跳びに跳びながら銃を撃ち、男たちを瞬く間に倒すと、埃を払って立ち上がり、ニヤリと笑って互いへサムズアップした。

「All right! Thank you amigo!」

二人の刑事は番組の決め台詞のあと、当時の日本車の中ではわざと傷だらけにしたままの古いスポーツカーに乗って去って行く。

それは、山ほど量産されたアクションとロマンの世界だった。

70年代から90年代初頭まで、テレビの中では刑事は一流ファッションで決めたり、独特の衣装に身を包み、バンバン銃を撃ち、車をぶっ飛ばし、ときには非合法な捜査も「やむを得ず」に行い、彼らの上司はひたすら嫌な奴か無能で、直属の上司だけが、主人公たちを理解してかばってくれたりもする。

犯罪者も、重武装してるのが当たり前で、主婦が金を借りたヤクザに売り飛ばされそうになって、サブマシンガンを買って逆襲したりする話もあった。

今の、リアルなサラリーマン的社会を描く警察ドラマとは違う、果てしなく能天気で荒々しく、バイオレンスに満ちた荒唐無稽の娯楽活劇が、特に横浜という形をとって、週に何本も、あの頃の日本にはあったってこと。

このドラマも、そんな中の一本で、半年で打ち切られた（信じられないが、昔のドラマは一年やって当たり前だった）マイナー作品。

「おーい岸田（きしだ）ぁ、そろそろ着くぞ」

ハンドルを握っている僕の親友、安井（やすい）が声を上げる。

僕はBluetoothイヤホンを外し、スマホの画面をスリープさせ、現実に戻る。

乗っているのはレンタルで借りた、軽ワゴンの助手席。

横浜港の、とある高台のレストラン近くのコインパーキングに車を止め、荷物を担いで目的地に向かう。

「うわ、…」

朝靄の中、あの洒落たバーの入り口が、そこにあった。

僕がさっきまで見ていた『ヨコハマ刑事S（コップス）』の冒頭と中盤に必ず出てくる場所だ。二人のハグレ者刑事のたまり場。

昼間か夕暮れ時なら、まさにあのテレビドラマの中に出てくる光景だけど、今は、朝から昼までの時短営業しかしていないということなんで、まー仕方がない。

「あの、撮影をお願いした岸田と言います」

「CLOSED」の看板が下がったドアをノックして、出てきたマスターらしい、寝起きなのか、ムスッとした無表情の六十がらみの人にそう伝えると、

「あー、早朝撮影の人ね、どうぞ」

そう言って磨き上げられた木のフレームにガラスの塡まったドアが開く。

さすがにドラマが放送されてから四十年。ところどころは変わっていたが、それでもほとんどの調度品はあの頃のままだ。

「お時間、ありがとうございます」「あざます！」

僕と安井が頭を下げる。一応代金は支払ってるのに邪魔そうな表情が気にならないわけじゃないが、それは貸し切り撮影の相場の三分の一、つまりこの撮影はお店の「御厚意」に他ならない。

「ま、このところ、例の自粛自粛だかんな。解除されても常連さんが戻ってくるには暫くかかるし、ＳＮＳとかで拡散？　っての？　してくれるとありがたいよ」

とてもそうは思えない仏頂面でマスター。地顔なのかもしれない。

僕らは素直に「ありがとうございます」とだけ返し、準備を始めた。

といっても安井は車の中から古いデザインのジャケットとコート、僕は撮影機材を取り出してスマホの中に保存した画面写真と睨めっこしながらセッティングし、着ていたＭＡ－１をひっくり返しただけだ。

コスプレ聖地巡礼、というものがある。僕がやってるのはそれだ。

バカみたいかも知れないが、それぐらい、今の大人しくて息苦しくて、無鉄砲な爽快感のない日本のドラマしか知らなかった僕らは、動画配信で見たこのドラマに魅了された。

で、大学入学の記念に、とこれを始めたわけだ。

相棒のホシ役兼カメラマンの安井とは、父親同士の親交もあって、小学校の頃からの付き合い。ホントに親友はありがたいと思う。

「じゃ、撮影しようか」

安井がサングラスをかけながら言った。三脚に取りつけたカメラは遠隔で操作でき、スマホで画面に何が映っているかの確認ができる。

「じゃ、十二話のこのショットのイメージで」

僕はそう言ってスマホの画面を見せた。

で、ポーズを取って……カシャリと四、五枚……画面で確認する。悪くない。

「お、マスター、もう開いてンのかい？」

店のドアが開いたのはその時だ。

スキンヘッドに大きなサングラスをかけ、革ジャンにジーンズのお爺さんだ。

元はかなり鍛えていたらしく広い肩幅だが、襟から覗く首まわりは、痩せて肉が落ちている。

「あ、すんません、今は9時まで貸し切りなんですよ」

マスターがにこやかかつ、丁寧に頭を下げる――なんか随分僕らに対するのとは違うが、常連さんなんだろう。昔のお店の人にはよくあること……なんだよな。

「へえ……ん？　なんか随分といい格好だね、そこのお二人さん」

老人はそう言って笑った。えらく粋な雰囲気のお爺さんだ。

「あ、いえあの……」「はは、そ、そのぅ……」

コスプレしてるとは言えず、僕らは手を振って誤魔化そうとした。

「ああ、聖地巡礼って奴ですよ、『ヨコハマ刑事S』の」マスターがバラした。

「どうりで懐かしいわけだ……なるほどねえ……ところで俺、その頃のスタッフなのよ。その聖地巡礼、ってやつ、案内してやろうか？」

「え？」

僕らは顔を見合わせた。本当だろうか？　単なるヨタだろうか。

「ああ、本当だよ。この人、とっても重要な位置にいた人だ」

マスターが大真面目に頷く。

「プロデューサーの次に偉かった」

誰だろう？　「ヨコハマ刑事S」は結構スタッフが物故している。何しろ四十年前のドラマだ。キャストのほうも、今、テレビで見かけるのは主役の片方、歌手から俳優に転向した芝良恭法（しばよしまさのり）と、女性刑事を演じてた石川温子（いしかわあつこ）ぐらいで、残りは芸能界を引退したか、亡くなってる。

そしてもう一人の主役で僕が扮している「コウさん」役を演じていた藤浩（ふじひろし）は二十年前に引退宣言をして以来、行方不明――そこも含めて僕はこのドラマに惹かれたし、このキャラに惹かれたんだけど。

「あの、お名前は」半信半疑ながら僕は訊ねた。

「コウさんでいいよ、『ヨコハマ刑事S』の撮影だもんな」

そういって老人は笑い……というわけで、僕らには同行者というか、ガイドが出来た。

「おう、俺が撮影してやるよ」

「コウさん」は安井のカメラを器用に操って、見事な写真を撮ってくれた。

「コウさん、カメラマンだったんッスか？」

それなりにカメラの腕には自信があった安井が舌を巻いて訊ねた。

「何でもやったんだよ、俺らの頃はね。カチンコ、照明、マイク…炊き出しも。なかでもカメラとテッポーのオモチャの類は今でも好きだね」

「へえ……」

自称「コウさん」はスタッフを自称するだけあって、ロケ地をよく知ってた。お陰で、移動時間も短縮、予定より随分早く聖地を廻ることが出来た。

中華街。横浜海技専門学院、今は観光用の公園になった赤レンガ倉庫街。

「コウさん」はカメラの腕だけではなくて話題も豊富だった。特に『ヨコハマ刑事S』のことに関しては昨日の出来事のように話してくれた。

やたらホシ役の芝良恭法と石川温子を誉めて、藤浩を「ドがつくダイコン役者」と貶すのには参ったけど。

最後のロケ地は山下臨港線プロムナード。

山下臨港線の高架橋の下を、70年代から90年代末まで、何人の刑事が、車が走ったか……でも今はそれもなく、散策路になっている。

「随分変わっちまったよ……こんな綺麗な散歩道になっちまうたぁなあ」

感慨深げに何度も頷く「コウさん」。

「ですよねえ」

僕はスマホに保存していた『ヨコハマ刑事S』の画像と、同じ角度を探しながら頷いた。ここは僕にとって、特別大事なロケ地だ。

だめだ、もう判らない。他のロケ地は結構まだ古い建物が残っていたり、地形とかに面影が残っていたから判ったけど。

「で、何話の場面を撮るんだい？」

「二十二話です……『横浜とハマはちがうのさ』って台詞がある回」

「ああ…あれ、悪役の春日さんの銃が車から取り出す時に壊れて、何度も撮り直したんだよな……最後はガムテで部品、固定したっけ……ってことは、君らテッポー持って来てるのかい？」

「実は、あります。あと撮影許可も、ここだけはちゃんと取りました」

言って僕らはバッグの中から実銃を赤やライムグリーンの樹脂で型どりしたムクの塊を見せた……警察や軍隊が訓練用に使うもので、何処も動かないし弾も出ない。

警察にはこれを見せて「自主映画の撮影で火薬も使いません」ということでどうにか書類を通して貰った……こういう聖地巡礼は珍しくなくなったから、お目こぼしもあるんだと思う。

「エアマットもあるんで、横っ跳び大丈夫です」

安井が通販で買った電動ポンプ付きのエアマットをふたつ見せた。

平日とはいえそこはヨコハマ、人出はそれなりにある――僕らは奇異の目で見られるだろうが、まあ仕方がない。

「そんなに『ヨコハマ刑事S』が好きかい？」

「ええ！」僕と安井は偶然だが、声を揃えて答えた。

「最高ッス、派手なアクション、カーチェイス！　第一話の警察署爆破とか、もう今じゃ出来ないッスよ！」

「格好いい名台詞だらけで、痺れました！　特にコウさんの台詞はもう格好良くって！　去年見てから、僕、暗記してます！」

「なんでまた、こんなマイナー番組を」

「僕も安井も、父を早くに亡くしたんです……で、僕の父も、安井の父も、このドラマが好きで」

「そうなんすよ。それで今年、大学の授業の前半がリモート講義になって暇を潰（つぶ）そうとしたらこのドラマの配信が始まってて……」

そう、最初はそんなちょっと感傷的なものだった。

でも気がつけば本気でハマってた。父親が好きだったからじゃない。自分の意志で好きになってた……そんなことを僕と安井は、一気に喋った。

「そうか…ありがとう」

「コウさん」は頭を下げた。

「多分、二十二話のロケはほら、今、カート引いたお婆さんが歩いてるところだ……まだ一軒だけ、あの頃と変わらないビルが立ってるから判る」

「ありがとうございます」

僕たちが頭を下げると、「コウさん」の内ポケットでスマホが鳴った。

「すまんね、先に行っててくれ」と「コウさん」が電話に出る。

「おう、久しぶり、今どこだ？　え？　……シルク通り？　そりゃ随分近いな」

懐かしそうに笑いながら電話に出る「コウさん」の横顔を、僕は妙な気分で見つめた……どこかで見たことがある……それが今日一日ロケ地を廻っての疲れからのデジャヴ、というやつなのか、違うのかは判らない。

なるほど、「コウさん」に言われてみれば確かにこの位置だった。セッティングを僕らは急ぐ……そろそろ陽が傾く。

「あ、もう一人スタッフが来るんだが、いいかね？」

「コウさん」だけでも凄い話が聞けたのだ、もう一人増えるのは大歓迎だ！と僕らは頷いた。

「で、どういう人が来るっすか？」

「俺よりエライ人さ」

そう言って「コウさん」は笑い、安井からカメラを受け取った。

数回のリハーサルをして、二人が銃撃されそうになって横っ跳びに交差して跳びながら撃つ場面を何とか再現する。

「高く跳ぶねえ」

「コウさん」はここでも僕らを誉めてくれた。どこの聖地で撮影してもコウさんはずっと僕らを嬉しそうに誉めてくれる。

「いえもう一回」珍しく安井が首を振った「ホシはもっと高く跳んだッスから」

「へー、そうだったっけかなあ？」

振り向くと、そこにはテレビで今も見かける顔があった。

ホシ、こと芝良恭法！　安井と同じ、コート姿だ。

愕然とする僕らの前で、芝良恭法は、

「お久しぶりです、藤さん」

と「コウさん」に頭を下げ……それで、僕は「コウさん」の横顔に既視感を感じた理由を理解した。

藤浩！　あの頃のマッチョ体型とは打って変わった痩せっぷりだけど、顔の輪郭や口元は確かにあの頃のままだ。

頭がスキンヘッドの上、トレードマークの口髭がないから気付かなかった！

「久しぶり、ホシ」

言って「コウさん」はサングラスを外して笑った。

笑顔はあの頃と変わらない——藤浩だ、間違いない！

「騙したようでスマンね、君たち。ちょっと楽しくなったんだ。君ら見てて、さ……、俺、色々やったけど、あの番組好きだったんだよ。だからさ」

そう言って「コウさん」はウィンクした。

「なあ、ホシ、跳ばないか？」

「いいんですか、藤さん。老骨に鞭打っちゃって」

芝良さんはニヤっと笑った。「ホシ」の顔で。

「ファンは大事にしなくちゃな……な、安井君、岸田君、マットとテッポー、使っていいかな？」

ＮＯなんて言うもんか。僕らはコクコクと頷いた。

「じゃ、行こうぜ、ホシ」

「はいな、コウさん」

ふたりは当然のようにうなずき合い、それぞれの銃を構え、タイミングを互いに相談し始める。

「あの、でも、大丈夫なんですか？」

「大丈夫大丈夫。あの撮影の時はマットなんて敷いてなかったし」

「大丈夫、こんなに分厚けりゃ藤さん骨折しないよ。この前の撮影の時よりも柔らかくていいよね」

「え？」

「来月なんだけどな」。「コウさん」は恥ずかしげに笑った。「動画配信の映画でちょっとアクションしたのさ。ま、復帰作ってやつだ……だから心配すんな」

そう言って、二人はあの位置に立った。

安井はカメラを、僕はスマホを構える。

ふたりは息を揃えて、跳んだ。

シャッターチャンスを僕も安井も逃さなかった。

二枚のマットの上、二人は落ちた。

一瞬、息が詰まったが、すぐ「コウさん」も「ホシ」も立ち上がった。

夕陽がビルの彼方に沈み始める……それを背に、二人はあの時のように頷き合い、僕たちに向けてサムズアップしてくれた。

「All right! Thank you amigo!」

花時計の前で歌が聴こえる

石田空

北村茜(きたむらあかね)が小説家の蘇芳(すおう)の家で働きはじめて半年近く。気付けば季節は秋に移り変わっていた。

ハウスキーパーの彼女の仕事は、週に五日蘇芳宅で家事全般をこなすこと。たまに会社の指示で臨時の仕事を請け負うこともあるが、細かいことを言わない蘇芳のおかげで精神的には楽に仕事をさせてもらっている。

その日も書斎に籠もって仕事を続ける蘇芳に、緑茶を淹れて運んでいるところだった。

「失礼します……あれ？」

彼は日頃デスクトップパソコンの前でキーボードを叩いて仕事をしているのだが、その日はちょっと様子が違った。わざわざラジオを取り出して、雑音混じりの放送を聴きながら、なにやらメモを取っていたのだ。

珍しい、と茜は思う。この半年ほどの付き合いの中で、彼がラジオを聴いているのを初めて見た。

それはさておき、パソコンを載せているテーブルにはメモやら資料やらが雑然と積まれているために、とてもじゃないが湯呑を置く場所がない。

茜がラジオを聴いている蘇芳の邪魔にならないよう、テーブルの上の物の位置をずらすのに苦慮していたら、ようやくＣＭに入った。メモを置いて、蘇芳が手を差し出した。

「ああ済まないね、北村さん。仕事だったもんで」

湯呑を直接蘇芳に手渡すと、彼はそれを美味（うま）そうに飲みはじめた。

「珍しいですね、蘇芳先生がラジオを聴くなんて。でもパソコンのほうが綺麗に聴こえるんじゃ」

「いやねえ、今回はラジオドラマにする作品を書かないといけなくてね。番組の内容を考えたらどうしてもターゲット層は、タクシーの運転手だ。だからタクシーの車内と同じように聴こえる状態じゃなかったら意味がないだろう？」

「そうなんですねえ……」

わざわざタクシーと同じようなアナログラジオで、確認を取っていたらしい。

小説を書くときも、茜が思っているよりもいろいろ想定しないといけないことが多いのだろう。

そう思っていたところで、番組が再開する。

『それでは、本日のゲスト、カヤさんです』

『どうもー、カヤです』

『カヤさんは元々、インディーズ時代は神戸で弾き語りをしていたと伺いましたが？』

『やってましたねえー。花時計の前とかで』

「え？」

思わず茜が声を上げると、メモを取っていた蘇芳が顔を上げてきょとんとする。

「おや北村さん、知り合いかい？」

「知り合いと言いますか……花時計の前で弾き語りしてらっしゃった方を知ってまして……」

「花時計……神戸の？」

「そうですね」

ラジオではカヤと名乗る歌手が、神戸の話を続けている。

内容を聞けば聞くほど、茜の記憶の中の人物と同一人物だと思えてならない。

「デビューされたんですねえ……」

茜はそう、しみじみとした声を上げた。


幼少期から、茜はしゃべるのが苦手だった。元々関西の中でも特に方言がきつい場所に住んでいたのだが、転勤族が多く住む町において、彼女のきつ過ぎる方言は怒っているように聞こえてしまい、普通にしゃべっただけでも怖がられてしまっていた。

そうなったら怖がられたくない一心で声がどんどん小さくなり、高校時代はとうとう周りから浮いてしまうようになっていた。高校時代は小中の頃よりも多少は方言を使っても問題ない校区ではあったが、九年もの間に染み付いた習慣が、そう簡単に抜ける訳もない。

「……どうしよう」

そしてついにある朝電車に乗っているとき、とうとう学校に行きたくなくなった。それまでも同じようなことがあったが、無理にでも学校に行かなかったら、ある日突然ぷっつりと心の糸が切れて身動きがとれなくなりそうだったので気を張っていたが、その日はもう限界だった。本当だったらずる休みして、一日くらい家で寝て過ごしたかったが、家族にどうして学校に行きたくないかを言うのが嫌だったがために、家を出た。いじめなど、わかりやすく嫌な目に遭ってもいないため、余計に説明するのが困難だったからだ。

困り果てた末、学校の補導員に見つからなかったら問題ないだろうと、いつも降りる駅に着いてから、地下鉄ではなく私鉄に乗って町に出ることにした。乗客が多過ぎて何度も押し潰されそうになった地下鉄は嫌だったし、座り心地がいい阪急電鉄の路線は少しだけ離れていた。そこで目に留まったのが阪神電鉄だった。

阪神電鉄は平日の朝にも関わらず、ぎゅうぎゅうに混み合って押し潰されるようなことはなかった。女性専用車両以外でも同い年くらいの子たちが楽し気にしゃべっているのが目に留まる。

ＩＣカードにチャージされている金額を考えたら、三宮（さんのみや）までなら出られそうだ。神戸三宮駅に出たら、またどうするか考えよう。車窓を眺めていると、普段見慣れない街並みが見えた。

彼女の地元には並木道はなく、どこもかしこもアスファルトで埋め尽くされているけれど、この辺りはポプラ並木が広がっているんだなとぼんやりと思った。

やがて降り立った神戸三宮駅。改札口を出て、どこに向かおうかと思ったところで、目に入ったのは【地下鉄三宮・花時計前駅】という表示だった。

茜は漠然と、花時計前という駅の名前が素敵だなと思い、その案内表示に従って歩いてみることにした。

案内になっていない地元の複雑過ぎる表示を考えると、神戸の表示はスムーズだ。だんだん地下街が明るくなり、気付けば開けた場所に出ていた。

でも目の前には花時計はない。それならなんで花時計前駅なんて名前なんだろう。茜が困り果てていたら、駅の周辺地図に目が留まる。市役所に向かって歩けばいいらしい。迷子になったらどうしよう。そうドキドキしたものの、今は好奇心のほうが勝り、その地図を手持ちのスマホで写真を撮ってから、進みはじめた。

地図と何度も睨めっこして、歩いて十分ほどの市役所の近くに花時計はあった。脇の説明には五十年以上の歴史があると書かれている。

直径五、六メートルはある円形の花壇の上で大きな秒針がチクタクと動いている。

あれだけ大きいと目立って待ち合わせに使いやすいのだろう。花時計の周囲にはたくさんの人がいた。

ふと、ギターの音が響くことに気付いた。音のするほうに目を向けると、伸ばしっぱなしの髪を明るい茶色に染めた女性が、弾いているギターに合わせて、歌を歌いはじめた。

そういえば。神戸はライブハウスが多いというのを、クラスメイトが話していたような気がする。新聞の端っこに載っているライブ広告でもよく神戸の名前を見かけた。

このところ流行（はや）っている曲は早口過ぎて、のんびりとした茜にはなかなか聞き取れないものが多かったが、不思議と彼女の歌詞と曲は、茜の耳にもよく馴染んだ。

茜は思わず歌っている女性の近くに立ち、彼女の歌に耳を傾けた。やがて、彼女はギターをかき鳴らしたかと思うと、静かに曲を終わらせる。

一瞬の静寂のあと黙って聴いていた人たちが、財布からお札やら小銭やらを、彼女の開きっぱなしのギターケースに放り込んでいく。茜もパチパチパチと手を叩いてから、周りの人々に倣って財布を引っ張り出したものの、入っているのはわずかばかりの小銭だけで、出すかどうかを躊躇する。

茜がもたもたしていたら、彼女のほうから「いいよ、いいよ。気持ちくれたら」と笑ってくれたので、茜は少ないながらもそのときの自分に出せる限りの小銭をギターケースに入れた。

「ありがとう。でも高校生やろう？　ちゃんと電車に乗れる？」

彼女の言葉は、茜の素の口調よりもやんわりとしているが、神戸弁混じりの言葉だった。同じ関西弁でも、印象はずいぶん変わるんだなと思いながら、茜はしどろもどろに、ＩＣカードを見せながら答えた。

「カ、カードに、チャージしてます！」

「おー、そりゃ感心感心。次のライブまでもうちょっと時間あるけど、そこ座ってる？」

そう尋ねられ、茜は頷いた。彼女は近くのハンバーガー屋からハンバーガーとお茶を買ってきて、茜にもそれを振る舞ってくれた。ふたりでしゃべる話は他愛ない話題だった。

彼女は歌手を目指しているものの、まだ上京するには実力が足りないから、神戸を拠点に活動していること。ただどこのライブハウスもプロ志望がひしめき合っていて、なかなか歌わせてもらえないこと。仕方がないから、定期的にストリートライブをしているものの、最近は道路の規制が原因で歌える場所が限られていて、今はほぼ花時計の前でライブを行っていること。

「もっと場所が空いてたら、高架下が一番いいんやけど、どこもかしこも店だらけやからスペースないし、なかなか難しいねんな」

「大変なんですねえ……」

「せやね。でもどうしたん？　神戸までわざわざ出てきて」

「へっ」

いきなり茜本人のことに話を振られ、おたおたとする。

元々学校をサボることにも慣れてないのだから、それを指摘されると気まずい。しかし彼女は茜の制服を指差す。

「その制服やったら、もうちょっと東のほうかなあと思ったんやけど。違う？」

本当のことを指摘されて、茜はうろたえて俯く。彼女は目をパチパチとさせながら、茜を見つめる。

「今日平日やろう？　やな授業でもあった？」

彼女は別に学校をサボったことについてどうこう言う人ではないらしい。そのことにほっとし、茜は言葉を探す。

「あんまり……しゃべるの得意じゃないんで。学校だと、浮いてて……だから今日はもう限界だなと思って……逃げました」

茜の声は小さい。当時は授業で当てられ、教科書を読むときですら、教師から「声が聞こえない」と言われるほどだったが、それでも彼女は黙って聞いてくれた。

待ち合わせスポットゆえに人通りは絶えないが、茜の言葉を聞いて彼女は頬杖を突いたまま言う。

「そりゃ学校行きたないときやってあるやろ。しゃべりたくないのん？」

「……怒ってなくっても、怒ってると思われてて。怒ってないって言っても、方言わかんない人だと、わからないみたいで……」

「あー。それはあるかも。関西弁、場所によっては怒ってなくても、関西圏以外やったら勝手に喧嘩腰に聞こえるしなあ。ならもういっそ、無口極めてみいひん？」

「はい？」

意外過ぎる言葉に、思わず聞き返した。

ここはもっとしゃべれと言うところだと思うし、実際にそう言われ続けて余計に辟易(へきえき)していたのだった。彼女はニカリと笑う。

「だって自分、別に私とはしゃべれとうし、しゃべりたないならしゃべらんでもええやろ。単位さえ取れてたら卒業はできるし、休んだ分の授業をどっかで取り返せるんやったら、問題はあらへんし。そもそも学校なんて全学年トータルでも三桁しか人がおらんやろ。たったそんだけで、気ぃ合う人探すんは無理や。世の中もっと人おんのに」

あまりの暴論に、茜はしばし口をポカンと開けた。

そんなことは考えたこともなかったのだ。

「……いいんですかね、そんなんで」

「だって今やったらネットもスマホもあるし、しゃべらんでもええ仕事やってあるやろう？　向いてないことさせるほうがあかんやろ。あー……そろそろまた歌うけど」

ライブを再開するというので、茜が邪魔にならないよう退散するために立ち上がったところで、彼女は名刺をくれた。そこには【シンガーソングライター：茅木恵】と書かれていた。彼女はにやりと笑う。

「また神戸に遊びに来い」

「あ、ありがとうございます……」

こうして茜は恵と別れた。

全てを見守っていた花時計は、我関せずと日差しを浴びながら花を咲き誇らせるばかりだった。

『先ほど花時計の前で歌っていたとおっしゃってましたが……花時計と言えば、最近引っ越したんですけど、もうご覧になりましたか？』

『えー……花時計前駅って名前なのに、あそこでもう花時計は見られないんですかあ。そりゃ残念です』

神戸弁混じりの軽快なトークが続いている。

そんな中、蘇芳はメモを取る手を休めながら、ちらりと茜のほうに顔を上げる。

「でも北村さん、出身は神戸ではなかったはずだね？」

「はい。本当にたまたま一回だけ路上ライブを聴いただけですから。ただ、私が勝手に感謝しているだけです」

「そうかい」

蘇芳はそれ以上詮索することなく、再びラジオを聴きながらメモを取る作業に戻っていた。

カヤがパーソナリティに促されるまま、ギターで弾き語りをしはじめたのを、茜はぼんやりと聴く。

おそらくカヤは茜と会ったことは覚えていない。路上ライブを聴きに来た客なんて、どれだけ珍しい人であったとしても、何年も後生大事に覚えているものでもない。

ただカヤに言われた言葉で、茜が勝手に少し楽になっただけだった。

集団活動や授業での朗読さえ耐え忍べば、しゃべらなくても案外なんとかなったことに、カヤに言われてから気が付いた。

『しゃべらんでもええ仕事やってある』という恵の言葉のおかげで、大学で家政学を学んでこうしてハウスキーパーになったことを彼女は知らない。

茜の声が小さく聞き取りづらくても蘇芳は気にしない。そもそも蘇芳は言葉の力を大切にしている性分なため、彼女に無神経なことも言わない。カヤが言ったとおり、世の中には学校の中よりも人がたくさんいて、蘇芳のような人もいるのだ。

高校時代に聴いたギターを耳にしながら、茜はしんみりとした。

パーソナリティの言っていた通り、市役所前にあったはずの花時計は、市役所の改装工事のために今は移転してしまった。改装工事が終わったら元に戻す予定はあるらしいが、茜とカヤが出会って別れた花時計は、もうないのである。

花時計に使われる花のほとんどは、一年草。同じ花なんてひとつもない。

だから茜がカヤの歌う曲を聴きながら、妙に切なくなるのも、ただの感傷だ。

この物語はフィクションです。
実在の人物、団体等とは一切関係がありません。
本作は、書き下ろしです。

PROFILE 著者プロフィール

北新横浜北

鳩見すた

第21回電撃小説大賞《大賞》を受賞しデビュー。著書に『ひとつ海のパラスアテナ』（電撃文庫）、『アリクイのいんぼう』（メディアワークス文庫）、『こぐまねこ軒』（マイナビ出版ファン文庫）など。

滔々と未来へ

溝口智子

福岡県出身・在住。博多のとんこつラーメンがソウルフード。小学校高学年で世の中にとんこつ以外のラーメンがあることを初めて知り、衝撃を受ける。最近、近所に醤油ラーメン専門店が二軒でき、それも衝撃。

十年目の結婚記念日

栗栖ひよ子

茨城県出身。２０１８年『菓子先輩のおいしいレシピ』（スターツ出版文庫）でデビュー。著書に、『こころ食堂のおもいで御飯』シリーズ（同右）や、『天狗町のあやかしかけこみ食堂』（マイナビ出版ファン文庫）など。

吊り橋の恋と地図

浜野稚子

２０１７年『レストラン・タブリエの幸せマリアージュ』（マイナビ出版ファン文庫）でデビュー。

窓の外の青空

杉背よい

著書に『あやかしだらけの託児所で働くことになりました』（マイナビ出版ファン文庫）、『まじかるホロスコープ☆こちら天文部キューピッド係』（ＫＡＤＯＫＡＷＡ）など。石上加奈子名義で脚本家としても活動中。

横浜にも山はある

ひらび久美

大阪府在住の英日翻訳者。『福猫探偵～無愛想ですが事件は解決します～』『Sのエージェント～お困りのあなたへ～』（ともにマイナビ出版ファン文庫）のほか、恋愛小説も多数執筆。最近の癒やしは子メダカ観察。

恋せよ、乙女

浅海ユウ

山口県出身。関西在住。著書に『神様の御朱印帳』『お悩み相談室の社内事件簿』『骨董屋猫亀堂・にゃんこ店長の不思議帳』『京都あやかし料亭のまかない御飯』『ラストレター』『空ガール』他がある。

一枚の写真

那識あきら

大阪生まれ奈良育ち兵庫在住。子供の頃の愛読書は翻訳ミステリや冒険もの。ヴェルヌとドイルに出会わなければ現在の自分はなかったと思っている。著書に『リケジョの法則』（マイナビ出版ファン文庫）など。

いつも通りすぎる

朝比奈歩

東京在住。最近はじめたビオトープ。なぜかタニシが増殖して困惑中。著書に『嘘恋ワイルドストロベリー』。『たちまちクライマックス』の1、2、4に参加。どちらもポプラ社刊。

友情は香りとともに

国沢裕

5月24日生。神戸在住。日本心理学会認定心理士。拳法有段者。懸賞マニア。『魔女ラーラと私とハーブティー』『迷宮のキャンバス』（ともにマイナビ出版ファン文庫）のほか、恋愛小説も多数執筆。読書と柑橘類と紅茶が好き。

All right! Thank you amigo!

神野オキナ

沖縄県出身在住。主な著書に『カミカゼの邦』『警察庁私設特務部隊KUDAN』（徳間文庫）『（宵闇）は誘う』（LINE文庫）『タロット・ナイト』（双葉社）など。最新刊に『国防特行班E510』（小学館）。

花時計の前で歌が聴こえる

石田空

関西在住。『サヨナラ坂の美容院』（マイナビ出版ファン文庫）で紙書籍デビュー。著作は『神様のごちそう』（同上）、『芦屋ことだま幻想譚』（同上）他多数。神戸は昔からなにかにつけ遊びに行くので、書けて満足。

横浜・神戸であった泣ける話

2021年10月30日　初版第1刷発行

著　者	鳩見すた／溝口智子／栗栖ひよ子／浜野稚子／杉背よい／ひらび久美／浅海ユウ／那識あきら／朝比奈歩／国沢裕／神野オキナ／石田空
発行者	滝口直樹
編集	ファン文庫Tears編集部、株式会社イマーゴ
発行所	株式会社マイナビ出版
	〒101-0003　東京都千代田区一ツ橋二丁目6番3号 一ツ橋ビル　2F TEL　0480-38-6872（注文専用ダイヤル） TEL　03-3556-2731（販売部） TEL　03-3556-2735（編集部） URL　https://book.mynavi.jp/

イラスト	sassa
装　幀	坂井正規
フォーマット	ベイブリッジ・スタジオ
DTP	西田雅典（マイナビ出版）
印刷・製本	中央精版印刷株式会社

 ISBN978-4-8399-7697-2

Printed in Japan

旅先であった泣ける話
そこで向き合う本当の自分

著者／南潔・猫屋ちゃき・迎ラミン　ほか
イラスト／456

あなたが最後に泣いたのは、
いつだったか覚えていますか？

いつもとは異なる環境に身を置くことで
見えてくる、自分の新しい側面。
そして、新しい人との出会い。

東京駅・大阪駅であった泣ける話

著者／朝比奈歩・ひらび久美
・桔梗楓　ほか
イラスト／sassa

あなたが最後に泣いたのは、
いつだったか覚えていますか？

再会の場所、お別れの場所。
東京駅・大阪駅での一場面が、
人生の分岐点に。